二見文庫

人妻　夜の顔

桜井真琴

目次

人妻　夜の顔

第一章 タイトスカートの奥

1

その日もひどい雨が降っていた。

今夜はもう客も来ないだろうなと、藪田正一郎《やぶたしょういちろう》は入り口のガラス戸に顔を寄せて外を眺めた。

繁華街の路地裏にひっそり佇む居酒屋「やぶた」は、父親が始めた店で、今は正一郎が跡を継いでひとりで切り盛りしている。

母を子供の頃に病気で亡くし、男やもめで育ててくれた父親は、二年前、正一郎が二十五のときに癌でこの世を去った。

正一郎はたまに店を手伝っていたので、この店に愛着があり、つぶしたくないなと、二年前に勤めていた会社を辞めて居酒屋の主人となった。

コの字の古ぼけたカウンターがあるだけの、十坪程度の店である。

背もたれのないビニール革の椅子が十脚。入り口を入って左手が、昔ながらのワンドア冷蔵庫のある酒置き場である。

コの字の一辺の奥が小さな調理場で、仕込みといっても煮物か焼き物に、ポテトサラダと枝豆、それに漬け物程度の少ないメニューにもかかわらず、なんとかやっていけているのは、父親の代からの常連客のおかげである。

今日は客の入りはあまりよくなかったが、別段不満はなかった。

この包帯巻きの左手では、おそらく、客がぞろぞろと来ても捌《さば》けなかっただろうからだ。

「おおい、正ちゃん、勘定」

カウンターのサラリーマンがふたり、立ちあがった。このあたりに住むいつもの常連である。親父の代からのひいき客だ。

「へいっ、ふたりで二千と四百円です」

正一郎は、レジへ行ってレシートを引き出して、手渡した。

楊枝を咥えた客は財布から金を出しつつ、

「正ちゃん、なんか似てきたなあ、親父さんに。その、へいっ、て威勢のいい言い方とかさあ」

と、懐かしいものを見るような目で言った。

「そうですかねえ。俺にはわかんねえや。まあ、とりあえず今日はお疲れさんでした」

正一郎が頭を掻いて言うと、

「その語尾の上げ方も、頭のかき方も親父そっくりだわ。それに帰るときに親父さんも『お疲れさんでした』って同じように言ってたぜ」

もうひとりの客が感心して頷いた。

正一郎は首を振った。

「だって、ホントにそう思うもの。俺もこのまえまで、サラリーマンしてたけど、いやあ大変ですよね、会社勤めってね。まあ、大変じゃない仕事なんかないんだけど」

「大変じゃない仕事なんかない、か。いいな、それ。わけえわりに、よくわかってるじゃねえかよ」

「受け売りっすよ。あっ、でも降ってるなあ、傘持ってきます？」

「いいよ、いいよ。近いから。じゃあね、お嬢さん」

客が、カウンターにいる楠瀬梨紗子《くすのせりさこ》に声をかけた。梨紗子が軽く微笑んで頭を下げた。

ガラスの引き戸を開けると、雨の音が増した。

「あのお嬢さん、よく見るなあ。正ちゃん、所帯持つのかい？」

客が小さな声で言った。

「違いますよ。会社に勤めていたときの先輩」

正一郎は首を振った。

「でもさ、こうしてひとりで来るってのは、正ちゃんに気があるんだろ。ほら、ふたりっきりにしといたからさ。しっかしキレイだなあ、あの人」

「何言ってんです。人妻っすよ」

「え」

ふたりがちらりと肩越しに梨紗子を見た。

確かに梨紗子はブラウスとタイトスカートがよく似合っているから、仕事帰りの独身OLにしか見えないだろう。

「あの美人が、人妻？　うわあ、よかった声かけなくて」

片方の男が、それを聞いて、クスクス笑った。

「大丈夫ですよ。あんな美人なら、佐々木《ささき》さんが声かけても、洟《はな》も引っかけないから」

「なんだとぉ。じゃあな、正ちゃん。早く手ぇ、治せよ」

サラリーマンふたりは、じゃれ合いながら雨の中に消えていった。

（そんなこと言うから、意識するじゃねえかよ）

正一郎はガラス戸を閉めた。

何気なしに梨紗子を見る。

もとからキレイだと思っていたのが、今日は余計にそう感じられてしまう。

黙っていると、いつまでも見ていたくなるほどの美しさだ。

「しかし、やみませんねえ」

なんだか声をかけるだけで、ドキドキした。

さっきまでは、ここまで意識しなかったのに。

あのふたり組のせいだ。

「そうね……」

梨紗子はまるで何かを思いつめたように、カウンターの醤油差しを凝視してから、こちらに向いて、ぎこちなく微笑んだ。

いつもは澄んだ愛らしい瞳が、珍しく酒が進んでうるうると潤んでいた。

酔っているのだろう、目の下がねっとり赤らんでいるのが、色っぽくてたまらない。

(ったく……俺より五つも年上なのに……妙に可愛いんだよな、この人)

細面で目鼻立ちが整っていて、きりっとした顔は、三十二歳の成熟した大人の雰囲気がある。

そのくせ笑うと、親しみやすい愛嬌のある顔をする。

性格も明るくて優しく、面倒見がいい。

それはもう出会ったときから、そうだった。

正一郎は大学を出てから、食品会社の営業をしていたのだが、そのときの先輩が梨紗子だった。

右も左もわからない正一郎に対して、それこそ挨拶の仕方から商品の売り方、クレームの対応まで教えてくれた。

朝イチからずっとついていてくれたので、家庭教師のお姉さんのようだった。

優しいだけでなく正義感もあり、正一郎がサボッていると容赦なく「だめよ、あなたのためにならないわ」とカミナリを落としてくれる。

店舗に商品を仕入れてもらうのが、営業の仕事なのだが、その足元を見て、いろいろ手伝わせようとする店舗には、「それはウチの仕事ではありません」ときっちり言い返す芯の強いところもある。

可愛くて優しく、仕事もできるのだから、正一郎が惹かれるのも当然だった。彼女が人妻でなければ「付き合ってください」と調子に乗って告白していただろう。それほど熱を上げていた。

正一郎が二年前に会社を辞め、店主になってからも、こうしてたまに会社帰りに立ち寄ってくれて、店の常連客と楽しく呑んでいる。

二十七歳と、そろそろ三十の声も聞こえてきそうな正一郎に、女っ気はまるでなかったから、こうして話しているだけでも楽しいのだが……。

(人のものじゃなかったらなあ……)

正一郎は外側からカウンターを丁寧に拭きながら、また横に座る彼女を盗み見た。

黒目がちな瞳に、長い睫毛を伏せて愁いを帯びた顔を見せている。

つやつやした光沢を放つ、肩までのナチュラルボブの黒髪を、時折かきあげながら、なんだか緊張した面持ちで呑んでいる。

十坪ほどのしなびてこぢんまりした居酒屋に、女の甘い匂いが雨の匂いと混ざって鼻腔をくすぐってくる。

椅子に座っているから、濃紺のタイトスカートがズレあがり、ナチュラルベージュのストッキングに包まれた太ももが、かなり際どいところまであらわになっている。

小柄で腰は細いのに、太ももの肉感的な充実度はやはり人妻だ。張りつめてムチムチとしている。

白いブラウスを大きく盛りあげる乳房のふくらみや、そのムッチリした太ももに淫らな色香が感じられてドキッとした。

（なんだろう、今日はやけに艶めかしいな……こんなに気になるなんて）

黙って梨紗子の身体を盗み見ていると、下半身が妙にムズムズしてきた。

その淫らな気持ちを隠すように、また正一郎は口を開いた。

「珍しいっすね」

「ん？」

彼女は焼酎のグラスをからんと鳴らして、正一郎を見た。

「どうして？」

「いや、そんなに呑むなんて。普段はもっとひかえめなのに」

「……うん、珍しく一人だしね」

ぽつりと言って梨紗子は微笑みかけてくる。

正一郎は息がつまり、ひそかに照れた。

がらがらのこぢんまりした居酒屋の中で、柱時計がボーンと鳴る。

午後十時。

いつもの梨紗子だったら、これくらいの時間には席を立っている。

その日の彼女は、いつもの時間になっても帰らなかった。

なんだか寂しそうだった。

(もう客も来ないだろうし、閉めちゃうかな。そうしたら、梨紗子さんとふたりきりで話せる)

正一郎はドキドキしながら、梨紗子に訊いた。

「もう誰も来ないみたいだから、閉めちゃいますね。あっ、でも、梨紗子さんはゆっくりしてってください」

「ありがとう」

梨紗子が承諾してくれたので、正一郎は戸を閉めて片づけを始める。

そんなときだった。

「……ごめんね……それ」

梨紗子が謝った。

「えっ？　ああこれ？　もういいですってば、ホントに」

（なあんだ。まだこの怪我のことを気にしてるのか。だから、ずっと暗かったんだな）

正一郎は左手の包帯を右手でさすって笑った。

実は一週間前、梨紗子がこの店から出るときに、ぼうっとしていたのか、あやうく自転車にぶつかりそうになった。

それを助けようとして引き寄せたときに、正一郎は左手を地面について骨折してしまったのだ。

まあ両手が使えていたときだって、そんなに手の込んだ肴はこしらえなかったから、左手が使えなくてもいいかと能天気に考えていたのだが、梨紗子はそうもいかないのか、この前来たときもずっと謝っているので、こちらが申し訳ないと思い始めていたくらいである。

「ちょっとお手洗い……」

梨紗子がカウンター席の椅子から身体をズラし、立ちあがろうとしたときだ。

(おっ！)

正一郎の立っている位置から、梨紗子が脚を開いたのが見えた。

タイトスカートの奥に悩ましいベージュと、センターシームの奥に見えた白いものが、間近に目に飛び込んできた。

(梨紗子さんのパンティ……し、白か……)

人妻の股間を覆うのは、パンストに包まれた白い下着だ。身体をズラそうと大きく足を開いたから、はっきりと食い込みまで見えた。

三十二歳の人妻が、なんとも清らかな純白パンティとは……清楚な梨紗子にぴったりすぎて、正直かなり興奮した。

(ここんところ風俗も行ってないし。たまってるからなあ。しっかりと覚えておいて、オカズにしよう)

そんな不埒なことを思っていると、梨紗子が少しおぼつかない足取りで戻ってきた。

しかし表情は真顔である。

何かを思いつめているようにも見える。

そして、カウンターの自分の席には戻らずに、冷蔵庫の前にいた正一郎に真っ直ぐ近づいてきた。

「どうしたんすか、怖い顔して。あれ、もしかして、トイレットペーパーがなかったとか……!?」

「違うわよ。ねえ……」

梨紗子が見つめてくる。

やばい、この可愛らしさはかなりやばい。

正一郎は思わず唾を呑み込んでしまう。身体がカアッと熱くなった。

彼女はもじもじして目をそらした。

何か言いたそうだが、恥ずかしくて言えないという雰囲気だ。だが、意を決したように、じっと見つめてきた。

「……ねえ、その……あれって、まだ?」

梨紗子が妙なことを言い出した。

「え……あれ? あれって……」

「あれよ、キミがこのまえ言っていた、あれ。……ほら、怪我して……右手だけじゃ、できないって」

「このまえ……？」

はて、と考えた。

右手だけ……？　あっ！

すぐに思いあたって、正一郎は目を丸くして梨紗子を見た。

三十二歳の人妻元上司は、目の下を赤く染めて、それでも真っ直ぐに見つめてくる。

「あのとき言ってたでしょう。その……自分で……ひとりでできないって……まだダメなの？」

「は？　い、いや……」

正一郎は大いに困惑した。

というのも、怪我をして包帯を巻いた後、

『いやあ、できないのはオナニーくらいすから、大丈夫ですよ』

と、落ち込んでいた梨紗子をどうにかなぐさめようと、キワドイ冗談を言っただけなのだ。ホントは片手でもできるし、むしろ以前より回数が増したぐらいだ。

（梨紗子さん、真に受けてるのか……悪いこと言ったなあ）

冗談ですよと笑おうとしたとき、梨紗子はうつむき、聞き取れないくらい小さい声でぽつりとつぶやいた。

「……その……私、でもいい？」

「……はい？」

思わず素っ頓狂な声が出た。

梨紗子が続ける。

「だって……その……できないと男の人って苦しいんでしょう？　私じゃいやかしら」

「ええ！　そ、それは……」

やはりだ。

梨紗子は冗談を完全に真に受けている。

（ほ、本気……？）

梨紗子は再び上目遣いで見つめてきた。

顔が真っ赤になっている。

「女の人が、そういうことしてくれるところって、お金がかかるんでしょ？　私のためにそんな負担は……」

（真面目すぎる……！）

本気で言っているらしいから、正一郎は感動してしまった。

会社勤めをしているときには、部下の失敗をかばってくれて、上が理不尽なことを言ってきたら守ってくれる優しい人だった。

それに結婚しているわりにウブなところがあって、そんなところも惹かれる要素だった。

「私なんかに触られるの、恥ずかしい？」

梨紗子が不安げな目で見つめてきた。

昔から憧れていた人に手でシテもらえるなど、夢のようだ。なんなら今すぐここで作務衣の下を脱いでもいい。

正一郎が戸惑っているのは、梨紗子に嘘をつくことだ。

ホントは自分で処理できるのだが……でも、こんなチャンスはもう二度とないぞ……。

2

葛藤していると、梨紗子が抱きついてきた。

（うわわ……む、胸が……）

昔からかなりでかいと思っていたが、押しつけられる柔らかさと弾力、それにボリュームは想像以上だ。

彼女が見あげてきて瞳を潤ませる。

「……恥ずかしいなら、私のこと、風俗の人だって思っていいから……」

「ふ、風俗……」

思わず、押しつけられたふくよかな乳房に目をやった。

そしてその乳房から顔に視線を移動させる。

（か、可愛い……それに色っぽい……パイオツもでかい三十二歳の人妻……）

仕事で営業にいくときなど、ずっとドキドキしていた。高嶺の花の元上司だ。

その彼女が、風俗嬢と思ってくれていいと言っている。

正一郎の理性のリミッターが完全に切れた。

「い、いいんですね……」

訊くと、彼女は少女のようにはにかんだ。

「と、とりあえず……う、上に行きましょうか……」

すると、梨紗子が小さく頷いた。

（や、やった……）

正一郎は小躍りしたい気分で二階にあがる。

独身男の家は、一階が居酒屋で、二階が六畳二間の住まいである。

（ああ、片づけておくんだった）

二階に上がった正一郎は、散らかった洗濯物をかたして、煎餅みたいな薄い布団を蹴飛ばすように畳んだ。六畳二間ではあるが、ほぼこの畳の部屋しか使っていない。本棚にテレビがあるだけの殺風景な部屋だ。

「ひとりにしてはキレイな部屋ね」

ついてきた梨紗子がぐるっと見渡して言った。確かに掃除は苦ではないから、散らかってはいるが清潔にはしていた。

（さて、どうするか……）

その気でいるんだから、テレビでも見ましょうか、というのもおかしい。

「暑くないですか？」

そう言って、四月の夜はまだ肌寒いのだと気がついた。

自分だけが緊張して暑くなっているのだ。

「大丈夫よ。それより……立ったままでいいの？」

目を伏せて、頬をピンクに染めながら梨紗子が訊いてくる。完全にその気モードだ。

「じ、じゃあ、寝ます」

正一郎は頷きながら、畳に横たわりつつ、彼女を見た。

白いブラウスは前身頃にフリルがついていて、それが胸の形に歪んでいるから、余計に、たわわなふくらみが強調されている。

見てはいけないと思うのに、どうしても大きな胸や、ほっそりした腰、タイトスカートからのぞく太ももを見てしまう。

胸元なんか、集中しているからか、うっすらとブラジャーのレースまで透けて見えた。興奮すると視力もよくなるらしい。

「ラクにしていてね……」

梨紗子は正一郎の開いた脚の間に陣取り、ズボンの上から股間に触れた。

「うっ……」

ほっそりした手が布越しに屹立した部分をギュッと握ると、勃起の芯が痛くなるほどの高揚感が走り抜け、分身が力を漲らせていく。

「よかった。反応してくれて……」

梨紗子がほっとしたように言う。

正一郎は上体を起こして、思いの丈をぶちまけた。

「反応しますよ。当たり前じゃないですか。俺……こんなこと言ったらダメだってわかっているんだけど、もう時効だし……言いますね。……梨紗子さんのこと、キレイだなってずっと思ってたんすよ。いいなあって」

正一郎が口にすると、梨紗子がふくらみを触りながら、えっ、という顔をした。

「私といたとき、そんな素振り全然見せなかったじゃない。というよりも、女の子に興味ないって顔してた」

「俺、こんな怖そうな人相ですから誤解されますけど、人並みにスケベですよ。だって……そのタイトスカートも穿いてましたよね、営業行くとき」

「うん、穿いてたと思うけど……」

「後ろから何度もじろじろ見ましたよ。お尻がスカートの中で揺れるのを。しかも……ソファに座るとスカートがズレあがって……太ももがきわどい部分まで見えちゃうし……」

「ちょっと、やだ」

梨紗子が顔を赤くして、ふくらみをキュッと握った。

「う……」

緊張で饒舌になっていたところに、この甘い刺激だ。正一郎は思わず腰を浮かせてしまう。

「そんなことしてたなんて……エッチね」

ちょっと軽蔑されるかなと思っていたが、しかし、彼女はふくらみをさする手を離さなかった。

「あっ……このままじゃ、汚れちゃうわよね」

手の中でかなり硬くなったのを感じたのだろう。梨紗子が処理のあとのことを想像したらしく、そんなことを口にする。

清楚でも梨紗子は人妻だった。きちんと男の生理現象をわかっていることが、経験の豊富さを物語っている。

嫉妬すると同時に、女のいやらしさを感じた。

梨紗子が正一郎のズボンと下着に手をかける。ちらりと目が合って、彼女は真っ赤になって顔を伏せた。

経験はあるだろうが、けっして慣れている感じがしないのがいい。清楚な人妻という感じで男としてはかなり興奮するタイプだ。

（うう……しかし、いいのかな……）

イケナイとは思いつつも、興奮は収まらない。

パンツを剝き下ろされると、屹立したものがバネみたいに飛び出した。

一瞬、梨紗子の目が泳いだ。

やはり経験はさほど多くないのだ、と思った。

いや、それとも旦那以外の男性器を間近にして、後ろめたさを感じたのだろうか。

「や、やっぱり……正一郎くん、ずっと処理できなかったのね。つらかったんでしょ」

いや、今朝もしましたけど。という言葉は胸の奥にしまい込んだ。

普通の勃起でもたまっていると思ってくれている。

ということは、彼女は自分の勃起を大きいと思ってくれているということだ。

男としては嬉しかった。

「こ、こうよね……」

梨紗子のほっそりした指が、自信なさげにペニスの根元に巻きついた。

「うっ……」

寝そべったまま、頭だけを持ちあげてみれば、梨紗子は顔をうつむかせて、こちらと視線を合わせようとしなかった。

だが、太幹にかかっている指はしっかりと握られたままだ。

先ほどまで焼酎を結構呑んでいたから、火照ったのだろう。ほっそりした指の熱いぬくもりがたまらなく心地いい。

ついつい梨紗子の指の中で勃起をぴくぴくと脈動させてしまうほど、ペニスの奥が熱く疼《うず》いてくる。

淡い恋心すら抱いていた人妻元上司が、自分の勃起を握り込んでいる。

温かな手の感触も気持ちいいが、相手があの梨紗子さんだと思えば、興奮もひとしおだった。

寄り添う梨紗子が、上目遣いに潤んだ目で見つめてきた。

「あんまり見ないでね、恥ずかしいから……」

長い睫毛を瞬《まばた》かせながら、梨紗子がいよいよ右手でゆるゆると、肉竿をシゴいてきた。

「んん……り、梨紗子さんッ」

(梨紗子さんに、エッチなことをさせている……)

もう頭の中が真っ白だった。

ジンとした痺れにも似た快感が、一気に腰から全身に広がっていく。

くすぐったさに似たムズムズが、分身を熱くさせていく。たまらなくなって正一郎はハアハアと喘ぎをこぼし、腰を浮かせつつ、畳を指で引っかいていた。

「くう……」

こらえきれない呻《うめ》き声が漏れてしまう。自分でするのとはケタ違いの気持ちよさで、目もくらむ快感がふくらんでいく。

正一郎は奥歯を噛みしめて、腰を震わせた。

また、そっと足元にしゃがむ梨紗子を見る。

梨紗子はうるうるした可愛らしい双眸で肉茎を見つめながら、勃起の表皮をゆっくりとしごいていた。

けっしてうまくはないが、懸命さは伝わってくる。

自分がケガをさせた男の性欲処理をさせられているというのに、梨紗子はおざなりではなく、心を込めてシゴいている、そう思える。

その健気さがたまらなくて、興奮が増してしまう。

梨紗子は目を細めて、正一郎を見つめてきた。

「気持ちいい？」

「え……ええ……すごく、気持ちいいです」

その言葉に安心したのか、いよいよ人妻らしく大胆に勃起を手でシゴき始めてきた。

動きが大きくなって、勃起の表皮が引き延ばされたり、くちゃくちゃに緩まったりしている。

とろけるような愉悦がひとこすりごとに、甘くこみあがる。

下を見れば、鈴口から透明なガマン汁が噴きこぼれて、スライドさせている梨紗子の手も汚していく。

手で自然とガマン汁が塗り伸ばされていき、ねちゃ、ねちゃ、という音とともに指の動きがなめらかになった。

「くうう」

正一郎は腰を震わせる。

このままだと出してしまいそうだった。

だが、正一郎の頭の中で奸計が浮かんでいた。

(もっといやらしいことを、させられるのではないか……)

梨紗子の生真面目さにつけ込むのは罪悪感が湧くが、このチャンスを逃したらという気持ちが大きかった。

「あ、あの……」

正一郎が言うと、梨紗子は手をとめて、こちらを見た。

「痛かったかしら?」

「いえ、そんなことは……ただ、このままだと……すみません、イカないかも……」

嘘をついた。

梨紗子が困ったような顔をしている。

「じゃあ、もう少し強めにしてみましょうか。それとも、違う場所を?」

「いえ……申し訳ないんですが、手ではちょっと……梨紗子さんの違う部分でお願いできればと……」

「え……？」

梨紗子が怪訝《けげん》そうな顔をしたあとに、あっと気づいて泣きそうな顔をした。そのつらそうな表情が、男の加虐心をかき立てる。

うなだれていた梨紗子は、やがてちらりと屹立に目をやってから、恥ずかしそうに上目遣いに正一郎を見た。

「あの……じゃあ……」

声が小さすぎて聞こえなかった。だが、その決意が伝わった。

正一郎がわざと「なんですか？」と訊くと、梨紗子は恥じらいながらも、ちょっと頬をふくらませて、

「オクチよ。私のオクチ。そういうの、あんまりしたことないけど……男の人は嬉しいんでしょ？　私のオクチでするなら、イケそう？」

梨紗子が「もう」という感じで、ため息をつく。

（やっ、やった……）

正一郎は内心でガッツポーズした。

憧れの人に咥えてもらえる……想像するだけで全身が震えて、勃起がぴくぴくと動いた。

「それなら、イケると思います」

「あんっ、そんな嬉しそうな顔をしないで。恥ずかしいのよ、本当に。でも、キミにつらい思いさせているなら……」

ちらりと正一郎のケガした左手を見てから、人妻は肉竿を握り、顔を勃起に寄せてくる。

（うおお……）

熱い吐息が亀頭にかかる。

梨紗子の美貌が、洗っていない男性器に近づくだけで、ドキン、ドキン、と心臓が高鳴った。

梨紗子が大きく口を開けた。

温かな潤みにじんわりとペニスが包み込まれていく。梨紗子がツヤツヤした黒髪を揺らしながら、ぷっくりした唇で亀頭部を咥えた。

「くっ……」

正一郎は歯を食いしばった。

両脚が爪先まで突っ張って、仰向けのまま正一郎はくぐもった声をあげて、腰を揺らした。

震えながら股間を見れば、柔らかな唇が肉胴にぴったりと密着して、梨紗子のあったかい口の中に敏感な先っぽが飲み込まれている。

夢のような快感だった。

気持ちよすぎて、全身がとろけてしまいそうだった。

目の奥がしばしばして、開けているのもつらくなる。腰が痺れてうまく力が入らない。

股間に広がる甘い陶酔に翻弄されていると、ゆっくりとだが、梨紗子は咥えながら顔を前後に振り始めた。

「くぅぅ……」

あまりの気持ちよさに正一郎は大きくのけぞり、ハアハアと喘いだ。

「んっ、んっ」

鼻から甘い息を漏らしながら、唇をすべらせてくる。引き攣るような痛みが会陰に走り、思わず腰を引きそうになる。

(くううう……俺のチ×ポが、梨紗子さんの口の中で舐めしゃぶられている……)

震えるような愉悦が襲ってくる。それをガマンしながら上体を浮かせ、己の股ぐらにいる彼女を見た。

梨紗子のさらさらした前髪が、正一郎の陰毛や下腹部をさわっ、さわっと撫でている。

同時に、ふっくらした人妻の唇が、唾液で濡れ光る肉棒にからみつきながら、前後に妖しく動いている。

「んん……んん……」

くぐもった声を漏らしながら、人妻は懸命に唇を動かしてくる。

息苦しいのか、甘い息が何度も陰毛にかかり、ずちゅ、ずちゅ、という唾液の音が聞こえてくる。

柔らかく、ぷにゅっとした唇が太幹の表皮を滑っていく。

たまらなかった。

ジンと痺れて震えていると、いよいよ、ゆっくりと根元までが、温かな口の中に呑み込まれていく。

(おおう、全部咥えられている、き、気持ちいい……！)

しかもだ。

しゃぶりながらも、梨紗子の舌がちろちろと亀頭を舐めまわし、唾をたっぷりとなすりつける。

舐められるだけで気持ちいいのに、さらには根元近くを、唇でキュウとやさしく締めつけてくる。

「くッ！　うう……」

気持ちがよすぎて、もうどうしていいかわからない。

けっして慣れているという感じではないが、やはり人妻だけあって、男の感じる場所はなんとなくわかるようだ。

「んふっ……ンンッ……」

深く頬張ったからだろう、えずくような声が聞こえ、寝そべっていた正一郎は上体を起こして、彼女を見た。

梨紗子は咥えたまま、肩で息をしている。

つらそうに眉をハの字に歪めて、大きく口を開けた咥え顔が、いつもは明るい梨紗子とは思えぬほどなんとも淫らだ。

普段は絶対に見せないであろう顔を、自分だけに見せてくれているという所有欲が満たされる。

「いやらしい顔をするんですね。梨紗子さんって」

「んんう！」

梨紗子が咥えたまま上目遣いに見あげてきた。

じろっと睨んでから、お仕置き、とでもいうように頬をへこませて、顔を打ち振ってくる。

「おおっ！」

一気に唇で追い立てられるようにしゃぶられつつ、正一郎は梨紗子をじっと見つめた。

愛らしい美貌は汗できらめき、目の下から頬にかけて、ねっとりしたピンク色に染まっている。

そして四つん這いになった豊かな尻が持ちあがり、じりっ、じりっ、と、じれったそうに左右に揺れていた。

タイトスカート越しの尻が実に色っぽい。

（しゃぶりながら……梨紗子さんも興奮している……）

「んっ……んっ……ンッ……」

いよいよ、梨紗子のおしゃぶりに熱がこもってくる。

ふたりは密着してムンムンとした熱気を放っていた。

正一郎の着ている作務衣の下のTシャツももう汗まみれだが、梨紗子の白いブラウスも汗ばんでいて、背中にはブラジャーのラインと、素肌が浮き出て見えてしまっている。

「ああ……た、たまりません……梨紗子さんっ」

思わず言うと、梨紗子はまた見あげてきた。

今度は目尻を下げて微笑んでくる。もっと気持ちよくしてあげるね、とばかりに亀頭を吐き出し、裏筋をピンクの舌でくすぐってきた。

「くっ」

正一郎は天を仰いで、目をつむった。

梨紗子の舌や唇が、どこを這っているのかはっきりと感じられる。

舐められたり、しゃぶられたりするたびに、いよいよ射精したい、という吐精欲の波が襲ってくる。

甘い陶酔感が駆けのぼってきて、ジーンとした痺れに変わり、いよいよもうガマンできなくなってきた。

「ちょっと待って……ああ、梨紗子さん、おっぱい。おっぱい見せてッ」

「むふっ？」

梨紗子が、ちゅるっと勃起を吐き出した。

「え、え……？　ダ、ダメよ。だってこれはあなたを怪我させてしまったから仕方なくしてるのよ。それ以上はダメ。私、まだ人妻なのよ」

「まだ？」

「もう別居してるから……」

「ええ！」

いきなりの告白に、正一郎は目を見開いた。

「そうだったんですか」

「そうよ。でもまだ奥さんなの。それに……元後輩におっぱいなんか見せられない。恥ずかしいッ」

「好きにしていいって、言いましたよ」

正一郎は興奮しながらも、揚げ足を取った。

「うっ……だって……」

「サービスですよ。目で楽しませてくれたら、早く出ますから」

「もう、ホントに口ばっかり……ああん、エッチ。わかったわよ。おっぱいだけよ」

梨紗子が真っ赤になったまま、足下にしゃがんでブラウスのボタンを外し始めた。スカートの中に入っていた裾を引っ張り、肩から抜いてはらりと落とす。

「おおう！」

正一郎は目を見張った。

純白のフルカップのブラジャーに包まれた、柔らかそうに実った、たわわなバストが目の前に現れた。

いつも服の上から見て妄想していた、あの梨紗子のナマ乳房だ。

ふたつのふくらみは深い谷間をつくり、白い乳肌をさらしていた。

下着だけを身につけた人妻の上半身から、むんむんと色香が匂い立つ。正一郎は思わず唾を呑み込んで、じっと見つめてしまう。

「やだ……」

梨紗子は黒目がちな瞳を潤ませて、恥じらいを隠すようにまた正一郎の足の間で四つん這いになって、いきり勃ちに指をかけた。

「ああ……すごい」

正一郎は思わず唸った。

ブラに包まれたまま、巨大な乳房が下垂して揺れている。

梨紗子は乳房を見せたことを後悔するように、顔を赤らめている。

もっと恥ずかしがらせたくなった。というよりも、そのおっぱいの魅力に負けた。

正一郎は上体を起こし、下から手を入れて軽く乳房を揉んだ。

「ん……ッ」

梨紗子が咥えながら、ぴくっと震えて、上目遣いに困ったような顔を見せてきた。

「ち、ちょっとだけです」

頬張ったまま、梨紗子は睨んでいたが、やがて諦めたようにおしゃぶりに没頭し始めた。

(や、やったぞ……触ってもいいんだ)

正一郎は舌で唇をぺろりと舐め、ブラジャー越しの乳房を揉み込んだ。

「んん……」

くぐもった声をあげて、梨紗子が震えている。だけど肉棒を舐めしゃぶる動きをやめなかった。

正一郎はたまらなくなって、柔らかな乳房に指を食い込ませる。

(ああ、これが梨紗子さんのおっぱいの感触なんだ……や、やわらけー)

ぷるんとした手触りと、指が食い込むほどの乳房のしなり、そして手のひらに収まらない大きさとずっしりした重みに興奮がとまらない。

「んふっ……んんっ……」

梨紗子が見あげてきた。眉を八の字にして、切なそうな顔をしている。

しかし、フェラチオは一段と激しくなった。

「んんう……んん」

悩ましい鼻声を出しながら顔を打ち振っている。

咥えながら、口中では舌をちろちろ動かして、鈴口を舐めまわしている。

（うぅぅ、くうぅう……イカせる気だ。こんないやらしい舌の動かし方もできるなんて、人妻だからやっぱり慣れてるのか……すごい……）

一気に灼きつくような射精感がこみあげてきていた。

さらさらの梨紗子の前髪が下腹部をくすぐり、甘い女の匂いは次第に濃くなって鼻腔を刺激する。

ふたりとも汗まみれで、熱気は古びた部屋にこもっていく。

「んああ……だめだ。出ちゃいます」

思わず訴えると、梨紗子は再び、ちゅるっと勃起をクチから外し、

「いいのよ出して。私のオ口に。ずっと溜まっていたんでしょう?」

「え……! く、口に?」

梨紗子は頷いて、また頬張ってきた。

「ん、んん……んん」

しごき立てるように、ぷっくりした唇が激しく滑る。

上体を起こしたまま、だらしなく脚を開いた格好で自然と腰がせりあがり、自分から梨紗子の口に下腹部を押しつけていた。

「ンッ……ンンッ……ンッ」

梨紗子はますます首の振り方を激しくする。

おっぱいが激しく揺れて、それをムニュ、ムニュ、と揉みしだく。

唇の激しいシゴきと指の刺激に、尿道に熱いモノがこみあがってくる。

(エ、エロいなフェラ顔が……)

人妻のおしゃぶり顔と、切羽つまっているような腰の揺れ方を見ていたら、一気に悦楽の波が襲ってきた。

「あ、で、出るッ」

足先が震え、身体が伸びあがる。

次の瞬間、全身を電気が走り、鈴口から欲望が迸《ほとばし》った。

「んう……！」

梨紗子は苦しげな声を漏らし、身悶えしながらも勃起を口から離さなかった。

「あ……梨紗子さん、だめだっ、ホントに口に出ちゃう……くぅ」

脳がただれるような激しい射精が巻き起こる。

梨紗子の口に、臭くて汚いモノを出すという罪悪感と背徳感に、頭が真っ白になる。

「んん……」

梨紗子が咥えながら、つらそうに眉をひそめた。

可愛い口の中に、あの青臭くてどろっとした精液が、かなりの量放たれたはずである。

（この口の中には、ねばねばした僕の精液がたっぷりと……）

梨紗子は勃起から口を離すと、頬張ったままこちらを涙目で見つめてきた。

そして次の瞬間。

ギュッと目をつむり、コクン、コクンと細い喉を鳴らした。

（う、うわっ……飲んでくれた！）

吐き出すとばかり思っていたのに……。

勃起から口を離す。

わずかに口端に白濁液がハミ出ていた。

梨紗子はそれを手の甲で拭うと、目を開けてニコッと微笑みかけてくれた。

「よかった……気持ちよくなってくれて……ずっと心配だったの」

その目は本気で心配してくれたようだ。

ジーンとした愛おしさが、こみあがってくる。

「それって、同情だけなんですか？」

「え？」

梨紗子が驚いた顔を見せる。

(しまった。へんなこと、訊いちまった)

しかし、梨紗子はにっこりと微笑んでくれて、

「どうかしら、正一郎くんはどう思う？」

と、「もしかしたら」と期待させるような素振りを見せてくるものだから、思わず梨紗子をギュッと抱きしめてしまうのだった。

第二章　泣きぼくろ

1

その日も、ひどい雨だった。
強い雨が降ると、正一郎はいつもあのときのことを思い出す。
梨紗子と初めて結ばれた日だ。
（あれから五年だっけか？）
正一郎はガラス戸の向こうを見ながら、梨紗子のことを考えた。
もうすぐ桜が咲く頃だが、初めて結ばれたのはこのくらいの時期だった。
あのとき。

怪我をさせたという罪悪感から、梨紗子は健気にも正一郎の性処理を手伝ってくれた。
それからだ。すぐに結ばれたのは……。
（梨紗子……）
本当にいい女だった。
彼女の離婚を待って、正一郎は梨紗子と所帯を持った。
それには一年もかかった。でも辛抱強く待った。
毎日は楽しかったが、梨紗子の最後の半年は、本当に見ているだけで可哀想になった。
だから……言葉は悪いけど、ラクになってくれてよかったと思う。
あれ以上、つらい思いをさせたくなかった。
そう思うのは自分勝手だろうか。
とそのとき、サラリーマンふたりが、傘を差してこちらに歩いてくるのが見えた。
「いらっしゃい」
正一郎がガラス戸を開けて、客を迎えた。

「今日、何がある?」

客がスーツの雨粒を叩きながら言う。

「ええっと、牛すじ、空豆、オニオンサラダ。あとはホッケに、ああ、山芋もあるな」

「牛すじと空豆」

「俺も空豆、あとサラダ」

「へい」

コの字のカウンターの奥に座り、瓶ビールを出してやると、また別の常連客がやってきた。もんじゃ焼き屋のおばさんだ。

正一郎は首をかしげ、

「あれえ、今日、店は?」

訊くと、おばさんはパーマの強い髪を撫でつけながら、

「しまいよ、しまい。誰も来ないんだもの、それにしても気の毒だったねえ」

意外とあっけらかんと言われると、それほどしんみりしないものだ。

おばさんが口火を切ってくれて、サラリーマンたちも、ほっとしたような顔を見せる。

「そうだよなあ。梨紗ちゃん、いい子だったよなあ。しっかりしてて」

しみじみとサラリーマンのひとりが言う。

「癌てなあ、怖いねえ。あんなに若いのにさ。あんたたちも気ぃつけなよ」

おばさんがサラリーマンたちに言ってきかす。

「そういやあ、今年健診行ってねえや」

「行かなきゃだめよお」

「おばさん、空豆、食う？」

正一郎が口を挟んで、コップを置いた。おばさんは冷蔵庫から勝手に瓶ビールを持ち出してくる。

「いただくわ。それでねえ……」

おばさんはビールを呷ってから、本格的にサラリーマンたちふたりに健康指南を始めた。

正一郎は空豆を焼きながら、なんともなしに常連客たちの話を聞いている。

また客が来た。

次も来た。

雨のわりに客が来てくれるのは、女房を亡くしたばかりの店主への慰めのつもりなのだろう。

客たちは、ときどき気をつかってくれて、死んだ梨紗子のことで、あれやこれやと悔やみを言ってくれるのだが、正一郎にはどうにも耳に入ってこない。

梨紗子目当ての客が減ったので、店は以前の閑散とした雰囲気に戻ったのだが、あの騒々しい日々も、今となっては懐かしい。

「元気出してよ、正さん。まだわけえんだから」

魚屋の倅の宏一《こういち》が、知った風な口を利く。

「俺よりわけえおまえに言われたくないよ」

「正一郎。おめえ、いくつになったの？」

酒屋の親父が訊いてくる。

「三十二」

「なんだそりゃ。まだ小僧じゃねえか。宏一の言う通りよ。わけえんだから、新しいかみさんでももらったらいいじゃねえか」

「そんな気分にならないっすよ」

「あの神社にいったらどうだい。ほら、あそこの」

おばさんが入ってきた。

「三徳《みとく》神社ですか？」

宏一が言う。

「そう、三徳神社。あれさあ、縁結びなんだって」

「そんなのあったっけ」

正一郎は腕組みする。

「あるよ、ほら。あのガソリンスタンドと、修理工場の裏手の……」

「ああ」

思い出した。

子供の頃、縁日に行ったっけ。

そういえば大人になってから一度も足を踏み入れたことがない。

サラリーマンたちの勘定をしていると、また新しい客が、ガラス戸を開けて入ってきた。

その日は十時を過ぎても客が途切れなかった。

客の相手をしているときは少し気が晴れたので、正一郎にとってはだいぶありがたかった。

2

それからさらに半年ぐらいして、秋の訪れを感じる頃。

正一郎は買い物から帰る途中、ふと、ずいぶん前に言われた三徳神社のことを思い出して、行ってみることにした。

おばさんの言葉を真に受けたわけではない。

子供の頃に遊んだ神社が、どんな風になっているか見たかっただけだ。

ガソリンスタンドの裏手を入っていくと、背の高いマンションに挟まれた一角に、確かにこぢんまりした神社があった。

住宅街の中にポツンとひとつだけ別世界がある。

境内に入っていくと、天気もいいのに薄暗くて、やたらジメジメしていた。

縁結びをウリにしているわりに、どうにも不気味だった。

おそるおそるあたりを見渡しながら歩いていくと、拝殿の前に人が立っていて、正一郎は思わずギョッとして、足をとめた。

「り、梨紗子ッ……」

手を合わせて拝んでいた女性が、ハッと振り向いた。

いや、違う。

当たり前だが、梨紗子ではなかった。

後ろ姿だけでわかるはずもないのに、なんでそう思ったのか自分でもわからない。それでも声をかけてしまったことが不思議でならない。

振り向いた女性は、梨紗子とはまるでタイプは違ったのだが、梨紗子に負けず劣らず美人で、正一郎はドキッとした。

肩甲骨くらいまでの黒髪のストレートヘアに、ぱっちりとした二重。ややタレ目がちな双眸《そうぼう》。

優しげな表情をしているのだが、右の目元の小さな泣きぼくろと、ぽってりツヤツヤした口唇はセクシーで、一目見ただけで色っぽいと思える美しい人だった。

薄いニットと膝が隠れるくらいのフレアスカートという地味な格好だが、すらっとしてスタイルがいいので実に映える。

しかもだ。

ぴったりしたニットなので身体のラインが丸わかりだ。

すらりと細くて、それでいて、おっぱいだけがすさまじいふくらみを見せていて、どうにも視線がそこにいってしまう。

「あの……人違いでは？」

彼女は落ち着いた口調で冷静に言う。年の頃は三十後半くらいか。自分よりも年上のようだ。

「すいません、失礼しました」

頭をかくと、スタイルのいい美人は「あら」という顔をする。

「もしかして『やぶた』の人かしら」

「え？　知ってるんですか？」

正一郎は驚いて、もう一度ちゃんと顔を見た。

いや、来たことない。

こんな美人がやってきて、覚えていないわけがない。

じろじろ見ていると、その美人は、くすっと笑った。

「通りでみかけて、入ろうとしたときがあって。ごめんなさいね、結局行かなかったんだけど……あなたのお店の常連さんが、藪田さんのこと、いろいろ教えてくれたの。あ、もしかして、私と間違えた人って……」

そこまで言って、彼女は少し申し訳なさそうな顔をした。

どうやらこちらが、女房を亡くしたことも知っているらしい。

「ご存じのようですね。ええ、女房です。いや、実はね、あなたが亡くなった女房に似ていたような気がして、いやホントに失礼しました」

「いいんですよ。でもそれはつらかったわね」

彼女が自愛に満ちた目で見つめてきた。

笑うと目が細くなって三日月みたいになるのが、実に可愛らしい。

(こんな美人、このへんにいたかな)

ウチの店を知っているなんて、地元以外にはいないはずである。

「あの、このへんの方ですか」

訊いてみた。

透き通るような色白の肌と、この世のものとは思えぬほど楚々とした美しさに、正一郎はいっぺんに興味を持った。どこの人間なんだろう。

「このへんというか、天神町《てんじんちょう》の方で……」

天神町は橋を渡った向こう側である。なるほど、橋の向こうはそこまで詳しくはない。

「ああ、天神っすか。それで、こんなところまで?」

「散歩していたら、ついこのあたりまで。何か食べるところはないかしらと思っていたら、こんなところに可愛い神社があったので、ついふらふらと」

「飯だったら、駅前に行かなくちゃ。このへんは、なーんもありませんし。そうだ。あの、よかったらウチでどうです。人違いした詫びにご馳走します」

「あら、そんな……悪いわ……」

そんな会話をくり返しているうちに、ようやく彼女が折れて店に行くことになった。

道すがら、少し彼女のことを訊いた。

彼女が美人で気になったのももちろんだが、散歩にしては持っているバッグが大きすぎる気がしたからだ。

彼女の名前は篠田《しのだ》沙織《さおり》。

ふいに共通の知人の話が出て、図らずも年齢もわかってしまった。

三十八歳だった。

まさに熟れ頃の、美熟女である。

話しているとついつい泣きぼくろに目がいってしまう。

その泣きぼくろと、少しとろんとしたような、目尻の垂れた双眸がなんともそそる。つやつやした唇も艶めかしい。

（くうう……いいなあ、この大人の色気が……）

梨紗子に悪い気がしたが、そう思うのだからしょうがない。

店に着いて、沙織にはカウンターの端に座ってもらった。

ビールを勧めると「もう夜になるから、少しなら」と言うので、冷えた瓶ビールをコップについで乾杯した。

彼女はコップの底に上品に手を添えながら、こくっ、こくっ、と一気に半分ほど呑み干した。

「あー、美味しい」

言いながら、また可愛らしい笑顔になる。

気取らないところに、正一郎は親しみを持った。

「おや、なかなかいい呑みっぷりじゃないですか、たまには旦那さんと離れて、ハメを外したいとか」

正一郎が下ごしらえをしながら言うと、彼女はちょっと複雑な顔をした。

「まあね」

つまみの枝豆と、かんぴょうとご飯をのりで巻いた細巻きを肴にしながら、呑んでいると、彼女もくだけてきて、よく話すようになった。

「奥さま、亡くなってどれくらいなの？」

沙織が訊ねてきた。

「そうですねえ。冬の真っ最中に病院だからなあ、もうすぐ一年ですかね」

「寂しい？」

少し赤ら顔で訊いてきて、ドキッとした。

「そりゃあ、まあ……」

言葉を濁したが、最近、その寂しさがピークになっていた。

特に夜が寒かったり、雨が降ったりすると、なんだか今までに感じたことのないような、ある種の物寂しさを感じるようになった。

そのとき、ガラス戸ががらがらと開いて、客が入ってきた。

クリーニング屋と果物屋である。

「正ちゃん、今日は何？　おっ、こんばんわ」

ふたりは沙織をめざとく見つけて、頭を下げた。

彼女は楽しそうに、小さく頭を下げる。

愛想を振りまくのがうまいなと思ったら、案の定、男ふたりはあからさまに赤くなった。

「いいから、こっち座れ。ビールと枝豆な」

正一郎はカウンター越しに、コップをどんと置く。

「なんだよ、なんか機嫌わりいな」

ビールを勝手に冷蔵庫から出してきた果物屋が言う。

「わるくねえよ」

「ははあん。ふたりきりでいたのを邪魔されたんで、怒ってるんだろ」

クリーニング屋がおしぼりを出してきて、顔を拭きながら言う。

「そんなわけねえだろ」

ちらり、沙織を見る。

ウフフと上品に笑うその仕草に、またドキッとした。

「おおい、正ちゃん」

また客がガラス戸を開けた。

珍しく、今日は客がひっきりなしに来る。

そのたびにみな、沙織にちょっかいを出すのだが、沙織は嫌な顔もせずに愛想よく返していく。

「お姉さん、しかしキレイだねえ、その目尻の泣きぼくろが色っぽいなあ」

「いやもう、こんな美人とお相手できたらなあ」

常連客のセクハラまがいのどぎつい冗談にも動じないし、人見知りするようなところもない。

そのうえものすごい美人なのだから、普段は帰るはずの客が留まってしまって、おかげでコの字のカウンターはいっぱいになってしまった。

「いや、ちょっと帰れよ、おまえら」

クリーニング屋と果物屋に言っても、沙織に夢中になっていて、正一郎の言葉はまったく耳に入らない。

そのうちに、

「正一郎さん、お手伝いしましょうか」

と、沙織が言い出して、普段だったら断るのだがあまりに賑やかなので、正一郎もお願いすることにした。

沙織はまるでずっとここにいたかのように、常連客たちをあしらい、気を配っているので正一郎は驚いてしまった。

結局十時になっても客はなかなか帰らずに、その日は十一時に店を閉めた。

「いやあ、疲れた」

片づけを終えて煙草に火をつける。

「ウフフ、お疲れさま」

沙織がカウンターを拭きながら、肩越しにこちらを見て笑う。

彼女が奥を拭こうとして手を伸ばしたから、丸いお尻が突き出され、スカートが持ちあげられている。

（すげえ……キレイな脚だな……）

カウンターに座っていた正一郎は、ぼうっとしていて煙草を床に落としてしまった。

「あっ、やべ」

正一郎は床にしゃがみ、煙草を取りつつ顔をあげる。

沙織のスカートの奥が見えた。

光沢のあるつやつやしたストッキングに包まれたふくらはぎから、むっちりとした太ももの裏側までが、目に飛び込んでくる。

（すらっとした脚だ……うわっ、細いのに尻のボリュームがすごいな。張りつめてムチムチしている。たまらん……）

腰は細いのに双臀のボリュームはすさまじい。

スカートを押し広げるほどの巨大なヒップが、手を動かすたびに左右にくなくなと妖しく揺れている。

いけないとはわかっていながら、正一郎は床にこすれるくらい顔を下げ、覗き込むように見あげた。

膝丈スカートはさらに持ちあがり、奥にベージュの布がちらりと覗けた。

（パンティだ）

巨尻だからパンティも大きめで、それがぴったりと豊尻に張りついている。

股の中心部の布地がぷっくりと盛りあがり、汗ばんでいるからか食い込みを見せていた。

陰茎の昂ぶりを感じて、正一郎は股間を指先で押さえ込んだ。

見てはいけないと思うのに目が離せない。

スカートがふわっふわっと揺れる中で、ベージュのパンティは、正一郎の股間を刺激するように、何度も視線に飛び込んでくる。

（す、すごいな……）

大人の女性の悩ましい色香が、むっちりした下半身に宿っていた。股間がギンギンに漲《みなぎ》りを増す。

これほどまでに興奮したのは久しぶりだった。

なんといっても、梨紗子が亡くなってからもうすぐ一年、生身の女を抱いていないのだから、股間がつっぱるのも当然だった。

（い、いや、こんなことしたらまずいぞ）

後ろ髪を引かれる思いで、正一郎は居住まいを正して、カウンターに座った。

沙織が笑いかけてくる。

覗いていたのがバレたのかと思ったが、そうではなく、目が合って照れたらしい。

可愛らしい笑顔に、正一郎は年甲斐もなく胸がキュンとした。下腹部はいまだギンとしている。

（しかし、尻だけじゃなくて、おっぱいも大きいんだよな、この人）

メロンを服の中に入れたようなふたつの丸みが、ニットを盛りあげて、襟ぐりからは白い谷間が見えていた。

ぱっと見て、全体がほっそりとしたスレンダーなスタイルだから、胸の存在感が余計に際立っている。

（いい女だなあ、しかし……）

ぴったりとしたニットやスカートの下から、熟れきった人妻の色香がムンムンと匂い立つようだ。

母親のようなたおやかな優しさも感じるのだが、このスタイルのよさを見ると、子供がいるとも思えない。

と、そんな妄想をしていたら、ボーン、と時計が鳴った。

柱時計を見ると、十一時半になっていた。

正一郎は慌てて煙草を消して、立ちあがった。

「十一時半だ。いや、まずいなあ。こんな時間まですいません。いや、ホントにまずいや。旦那さん大丈夫ですか？」

「うん、ウチは互いに干渉しないから……」

やはり旦那のことを喋るときは寂しそうだ。

正一郎は「あっ、そうだ」と思い立ち、二階へ行って古封筒を持ってきて、レジの札を一枚それに入れて沙織に手渡した。

「これ……少ないっすけど、今日の手伝い賃」

「いらないわよ。受け取れません。そういうことじゃないから」

「わかってますよ。でも、気持ちだけ」

無理矢理に手渡すと、沙織は封筒を持ってしばらく考え込んでいたが、ふいに口を開いた。

「じゃあ、別のお願いでもいい？」

沙織がはにかむように笑った。

「俺でできることなら、いいすよ」

「二、三日、泊めてほしいの。私、家出したんです」

「はい？」

正一郎は唖然とした。

が、それで沙織の鞄が大きいことに合点がいった。

「い、いや……でも、ウチは小さいし……なにより、やもめですよ」

「知っていますよ。でも私……頼る人がいなくて。恥ずかしいんですが、ホテルとかひとりで寝られないの、怖くて」

「はあ」

「どうしようかなって思っていたところに、正一郎さんが声をかけてくれて……見ていると、とても誠実そうだし」

「いや、ちょっと待ってください」

ここは人畜無害を装って、どうぞどうぞ、と泊まらせる下心もありだと思うが、正一郎にはできなかった。

「あのね……ちょっと俺のこと、買いかぶりすぎてますよ。やもめなんすよ。ムラムラしてるんです。一年以上してないからね。いや、そうでなくとも沙織さんは魅力的なんですよ。わかるっしょ？　男連中が、みんないやらしく鼻の下を伸ばしていたのを」

きっぱり言うと、沙織は恥じらいに赤く頬を染め、うつむいた。

「……もろちん、わかってます」

「え？」

正一郎が眉をひそめると、沙織が顔をあげた。

「私だって、もう三十八ですから、ちゃんとわかっています。男の人、ひとりのところに泊まるっていうのが、どういうことか……」

目の下をねっとり赤くして、伏し目がちに言う。

正一郎は唾を呑み込んだ。

思わず、すらりとした人妻の全身を舐めるように見てしまう。

すらっとしていながらも、男の欲しいところはボリューミーな、そのグラマーな肢体から、濃厚な色香が漂ってくる。

(わ、わかってるって……それって……)

沙織のムチムチのヌードを想像して、危うくヨダレを垂らしそうになってしまう。

いいのか……?

こんなことといいのか……。

なにか魂胆でもあるんじゃないのか？　あとで人相の悪い旦那がどなり込んでくるとか……。

しかし、まったくのカンだが、沙織がこういうことには慣れていないような気がしていた。

顔を赤らめた沙織の表情に、わずかながらも、後ろめたさのようなものを感じたからだ。

家出してきたというわりに、夫への罪悪感もあるような気がする。

(やばいな。まさに人妻って感じだな。後ろめたく思いながらも、他の男に抱かれる人妻。そそられるけど……)

心に迷いが生じるも、美しい人妻の前では、抗いようもなかった。

なんといっても、一年も女っ気がなかったのだ。

正一郎は久しぶりの心臓の高鳴りを覚えて、股間を熱くさせてしまっていた。

下心ありありじゃないかと思うのだが、もう「いいですよ」と言うしかなかった。

3

店の奥にある風呂場はタイル張りで、シャワーがなくて浴槽がやけに小さい、「レトロ」なシロモノであった。

正一郎はかけ湯をしてから、熱い湯に首まで浸かる。疲れが抜けていき、身体がほぐれていく。

しかしだ。

湯の中にある股間の昂ぶりは、ほぐれるどころか硬くなるばかりだ。

まるで学生に戻ったみたいだ。

ドキドキがとまらなくなっていた。

（背中を流してくれるって……まさか服を着てくるわけじゃないよな。バスタオル一枚ってところかな）

ざぶざぶと顔を洗いながら、いやらしい妄想をする。

それにしても、まごうかたなき美人である。

神社から出てきたからまさか狐、ではないと思うが、この世のものとは思えない美しさだった。

清楚で可憐な佇まい、明るく社交的な性格。

とろんとした目つきに、目尻の泣きぼくろも合わさった、息を呑むような色っぽさ。アルコールが入ってほんのり上気した顔なんか、もうお色気ムンムンである。

そして、スカートの中身を覗いたときに見た太もも、さらには生々しい普段使いのベージュのパンティ……。

ざぶっ、と湯船から上がってみれば、臍を叩かんばかりに勢いで勃起が反り返っていた。

（これはちょっと、まずいな……やる気満々じゃねえか）

洗い場の風呂椅子に座り、ちょっと別のことを考えようと思った。

そのときだ。

「失礼します……」

「ヒッ！」

背中のすぐ後ろから声が聞こえて、正一郎は飛びあがった。

見れば小さなタオルを胸から垂らしただけの、刺激的な格好の沙織が、恥ずかしそうに身体を丸めて立っていた。

長い黒髪を濡れないように、後ろで結わえてアップにしている。

（あれ？　いつ入ってきた？）

と思ったが、おそらく妄想に没頭していて、戸を開ける音が聞こえなかったのだろう。

正一郎は慌ててタオルで前を隠すも、ちょうど真ん中がもっこりしてしまう。

それで仕方なく手でその上から勃起を覆った。

見られたか、と肩越しに見れば、沙織が目をそらした。

バレてしまったものはしょうがない。

もう欲望を隠さずに、堂々としていることにする。

沙織が口を開いた。

「ごめんなさい。何か考えごとをしてたのかしら。入りますよ、と言っても返事がなかったから」

「あ、ああ……そうなんですね。いや、驚いた」

「ウフフ。なにを考えてたのかしら、さ、背中を流してあげますからね。もう少し後ろに」

言われた通りに風呂椅子を移動させ、ちらり肩越しに後ろを見る。

沙織はしゃがんで、桶でかけ湯をしている。

さっきは驚いたから、きちんと見ていなかったが、改めて眺めるとすごい身体だった。

前をタオルで隠しているだけなので、横から見るとたわわな乳房が、先端だけを隠してほとんど見えてしまっている。

少し垂れているようだが、三十八歳というわりには十分な張りがあるように思える。丸々としていて実に重たげで、その圧倒的なボリュームに息を呑む。

そして、やはりこの人は尻だ。

片膝をついてかけ湯をしているから、丸々としたヒップから太ももにかけての充実したむっちり具合が目に飛び込んでくる。

（たまんないお尻だな）

女盛りの熟女は、やはりこのケツのデカさが魅力的だ。

腰がくびれるほど細くても、太ももにも尻にもうまそうに脂が乗り、柔らかそうだ。見ているだけでイチモツはビクビクと脈動し、被せたタオルを浮かせてしまう。

沙織の手がそっと背中に添えられたのを感じた。

温かい呼気や、甘い女の柔肌の匂いも相俟って、タオルの下の屹立がまた持ちあがる。

「背中、流しますね」

「すみません、うっ」

ぺたっ、と冷たいものが背中に塗りたくられ、正一郎はビクッとした。

おそらくボディソープだ。と思っていたら、手のひらでぬるぬると、塗り伸ばされた。

（えっ、手で？）

タオルでもスポンジでもなく、手のひらで背中をさすってくれている。

「あ、あの……タオルとか出しましょうか」

「いいわ、これで」

温かなしゃぼんの泡がヌルリと滑り、しなやかな指先が肩甲骨の内側や首筋どころか、腋の下や尻までを這うものだから、ゾクゾクした痺れがずっと続いてくる。

（い、いやらしい手つきだな……）

優しくも、愛撫しているような指遣いだった。

（ああ、このヌルヌルがたまらない……）

はたと手がとまり、桶のお湯がざぶっと背中にかけられた。

終わりかな、と思ったときだった。

「ここでしてあげましょうか……硬くなって、苦しいみたいだし」

肩越しに見れば、湯気の中で、沙織の目の下がぼんやり赤くなっている。

泣きぼくろのある双眸が潤んでいて、四十路に近い人妻の欲情が見えている。

「……ここで……？」

「ええ」

脇腹を撫でていた沙織の手が前にまわってくる。

次の瞬間。

沙織に背中から抱きしめられていた。

（え……？）

ふにょっとしたおっぱいの柔らかさと、中心部の突起のシコリを背中に感じて、正一郎は息がつまった。

（じ、じ……直におっぱいが当たっている……！）

夢中になって背中に神経を尖らせていると、後ろからまわってきていた沙織の手が、下腹部にかけていたタオルを外した。

しなやかな指が勃起に触れる。

湯に触れて、温かく細い指だった。

「くっ……」

女の指が優しく昂ぶりの根元を握りしめてくる。

しゃぼんにまみれてヌルヌルの手が、いやらしく肉竿を刺激する。

それだけで、くすぐったいような刺激が襲ってきて、正一郎はぶるる、と腰を震わせてしまう。

「すごいわ……なんて硬いの……ホントにずっとしていなかったのね」

イチモツをこすられながら、沙織の甘い吐息が耳をくすぐった。

「い、いや……まあ……」

ウフフ、と背中で妖艶な笑みがこぼれ、沙織の勃起を握る手がとまった。

人妻はしばらく黙ってから、ポツリ声をかけてきた。

「あの……もう心の準備はできていますから……」

沙織が耳元で言った。

心の準備？　それって……。

（やっぱり最後までしてもいいってことか……）

どくっ、と勃起に血流が流れ込んだ。

その興奮を広げるかのように、沙織の指が、キュッと根元を締めつけて、少し強めに表皮をこすった。

彼女の右手が肉竿をぬるり、ぬるり、と刺激している間に、今度は左手が亀頭のくびれや、先端の鈴口といった敏感な部分を撫でてくる。

「くうう……」

シャボンまみれの手を滑らせながら愛撫されるのは、普通に手コキされるよりもねっとりしていて刺激が強い。

正一郎は首に筋を浮かべながら、身体を震わせた。

ソープまみれになった男根の先端から、熱いカウパー腺液がとろとろとだらしなく垂れている。陰嚢がせりあがるのを感じる。

「ウフフ……オチ×チンがビクビクしてるわ。気持ちいいのかしら」

耳元でささやかれて、正一郎はビクンとした。

「た、たまりませんよ。もう出ちゃいそうだ」

「あらあら。若いわね」

「若くないですよ、三十二だ」

「……ウチの人はもう五十よ。倦怠期でね……。触ってもくれないし。私にはもう興味ないみたいだから。昔はそんなじゃなかったのに」

勃起を触る手がとまった。

「そう……なんですか」

それが家出の原因か。

(この美しい人妻の、グラマーボディに飽きるなんてなあ。信じられん)

それとも五十にもなれば性欲もなくなるのか？　いや電気屋の親父は六十近いが、まだ現役とか言ってたぞ。

「だから、私に反応してくれてるのが嬉しいの」

「しますよ。当たり前だ。奥さん、美人だし……色っぽいし。それにスタイルもバツグンだし」

「あら嬉しい。昔よりだいぶ、だらしなくなってるのよ。腰にも肉がついちゃうしね。でもありがとう、そう言ってくれて……」

肉棒を握る両手にまた熱がこもり、竿の裏側を優しく撫ではじめる。

全体を包み込むような感じで、ヌルヌルとソープをこすりつけながら、カリ首の裏側をねちっこく撫でてくる。

(くうう……た、たまらんぞ)

正一郎は風呂椅子に座りながら、膝に置いた両手を強く握り、震えながら奥歯を食いしばった。

鈴口からオツユがしとどにあふれ、ソープと混ざったまま指で引き伸ばされて、ねちゃねちゃと猥褻な水音を立てる。

しかもだ。

沙織は後ろから抱きついているので、両手を動かすたびに背中に押しつけられたおっぱいがこすれ、沙織の乳首がますます硬くなるのを感じる。

(ううう……気持ちいい……天国だ)

尿道が熱く滾《たぎ》り、甘い痺れが生じていてもたってもいられなくなる。

沙織の手は人妻らしく、実にいやらしすぎた。

頭の片隅に梨紗子の手コキの思い出が浮かんだが、やり方がまったく違う。

女房の手コキも健気で至福だったが、こっちはチ×チンの扱いが上手すぎて、
正一郎は狼狽《うろた》えるばかりだった。

「くおお……沙織さんっ……ちょっ、ちょっと待って」

沙織が「ん？」という感じで手をとめる。

正一郎はハアハアと荒い息をこぼし、呼吸を落ち着かせる。先ほどからずっと悶え続けていて、息が苦しかったのだ。

「お、俺も……もうたまりませんよ。沙織さんの身体を洗いたい」

くるりと後ろを向くと、たわわなバストが目に飛び込んできた。

「あん……いやっ……」

沙織は片膝をつきながら、慌てて片手で双乳を隠して、股間にも左手を伸ばした。しかし、乳房が大きすぎるので隠れているのは乳首くらいで、丸々としたふくらみは、全部見えてしまっている。

豊かな腰まわりにムッチリした太もも。全体に肉づきはいいのに、ウエストは

しっかりとくびれている。

男好きする身体だ。たまらなかった。

「やだ、そんなに見ないで。明るいところだと恥ずかしいのよ……体形も崩れてきているって言ったでしょ」

沙織はいやいやと身をくねらせて、少女のように恥じらった。

「そんなことありませんよ。すごいです。いやらしい身体だ。か、隠さなくても……ちゃんと見せて……」

「ダメよ。私が気持ちよくしてあげるんだから……。続きは、お布団で、ね」

本当に恥ずかしいのだろう、沙織は焦った顔をしている。

だが恥ずかしいのならば、もっと恥ずかしがらせたかった。

布団でじっくり、という言葉も刺激的だが、まずは、今、ここで、だ。

「だめっすよ。もうガマンできません」

正一郎は座ったまま、視線をねっとりとからませる。

心臓がドク、ドクッと早鐘を打つ。

顔をゆっくりと近づける。

はじめ、顔をそむけていた沙織も、目をつむって、唇を突き出してきた。

（い、いける……）

口唇をわずかに突き出し、正一郎は沙織としっとり唇を重ね合った。

「……うんんぅ……」

最初は受け入れるままだった人妻だが、正一郎が泡まみれの裸身でギュッと抱きしめれば、彼女もしがみつくように身体を重ねてきた。

（うおおっ、気持ちいいなっ、や、柔らかい）

熟女のもちもちした肉感的な裸身がたまらなく心地よく、正一郎は夢中で沙織の口を吸った。

夢中になって、唇のあわいに舌を差し入れれば、沙織からも積極的に舌をからませてくる。

すぐにねちゃねちゃと唾液をからめ合うディープなキスになり、沙織はしなだれかかってきて、激しく口を吸い合った。

ハアハアと息が乱れるほど、甘い口づけを交わした後に、沙織が上目遣いに見つめてくる。とろんとした目つきは潤み、泣きぼくろがこれ以上なく色っぽく見える。

恥じらうように目の下を赤く染めているのも可愛らしかった。三十八歳の熟れきった身体なのに、表情はまるで初めての少女のようだ。

もう正一郎はたまらなくなった。

ひどく燃えあがった。

「ああ……奥さんッ」

「やだ。奥さんなんて……あんっ」

正一郎の手が沙織の乳房をつかむと、人妻は小さく喘いで、いやいやをするように首を振る。

「す、すごいな……こんなおっぱい、初めてですよ」

ずっしりした量感に息を呑みつつ、片手では到底収まり切れない巨大な丸みをぐいぐいと揉みしだく。

「あっ……いやっ……ああっ……」

沙織の肩を抱き、立ちあがらせて浴槽の縁の部分に座らせる。

浴槽の縁に腰を下ろした人妻の、乳房を裾野からすくうように持ちあげて、丸みを楽しむようにギュッと力を込める。

湯で温まった乳房は、手のひらに吸いつくほどもっちりとしていて、力を入れれば、指が脂肪の柔らかみに沈み込み、指の隙間から白い乳肉がハミ出るほど形をひしゃげていく。

「んんんっ……あああっ……」

たっぷりと揉みしだくと、いやいやしていた沙織の表情が、切なげなものに変わってくる。

家出などという大胆なことをしたわりに、恥じらいが隠しきれないのは、こういった行為を、夫以外にしたことはないのではないだろうか。

「んうっ……あんっ……いやあ……」

後ろめたさはあるかもしれない。

しかし人妻の欲情はそれに勝《まさ》ったようで、眉間に刻まれた縦ジワから、触って欲しいという欲求が漂ってくる。アップにした髪からは、女の艶めかしい匂いが湯気に包まれて漂ってくる。

正一郎は、悩ましげに悶える沙織を見つめつつ、背を丸めて揺れる乳房にむしゃぶりついた。

「んぅっ……」

沙織が小さい声を漏らし、浴槽の縁に腰を下ろしたまま、のけぞった。

豊かな乳房を揉みしだきながら、ちゅぱ、ちゅぱっ、と乳首をキツく吸い立てると、硬くなった小豆色の乳首が鎌首をもたげるように、大きくせり出してくる。

「あんっ、いやっ」

と、沙織は女の声を漏らしてビクッとした。

見れば、切なげに眉をたわめて震えている。

(くうう、目の下の泣きぼくろと、とろんとした目が色っぽい……)

たまらなくなって、ねろねろと乳輪のまわりを舐めてやると、

「あっ……あっ……」

せりあがる愉悦をこらえようとしているのか、沙織は眉根をつらそうにたわめて、喘ぐような吐息を漏らしはじめる。

その表情が色っぽくて、正一郎は乳首を舐めていた唇を外し、沙織の口に唇を近づけ、奪った。

「んんっ……ンンンッ」

舌をからめとり強く吸いあげると、沙織は苦しげに悶えつつも、しがみついてくる。

ぬんちゃ、ぬんちゃ、と唾液の音を立てながら激しいキスする。

甘い呼気と唾液が流れ込んできて、押しつけてくる乳房の弾力と柔らかさに陶

然となる。

（ああ、やっぱりこのおっぱいすごいな……）

夢中でキスをしながら、そんなことを考えていると、

「ンンッ……だ、だめよ、私がしてあげる約束でしょ。それにまだ身体を全部洗ってないし……」

沙織がいよいよこらえきれなくなったのか、すがるような目で見つめてきた。

4

（もっといやらしいことがしたい……そうだ）

正一郎は思いきって言う。

「あの、それならおっぱいで、身体を洗ってもらえないですか……？」

その言葉に、沙織が戸惑う。

「えっ……私の胸？　これで身体を洗うって……」

「泡をつけて、身体をこすりつけてくるって、そういうプレイなんですが……」

「プレイ……？　ああん……そういうことね……」

泣きぼくろのついたタレ目がちな双眸が、わずかに吊りあがった。

沙織はため息をついて、恥ずかしそうにもじもじしていたが、やがて……。

「いいわ。正一郎さんがしてほしいなら。してあげる」

沙織は目を伏せながら、今度は反対に、正一郎を浴室の縁に座らせた。

続いて彼女はボディソープをたっぷり手に取ると、両手で泡立ててから自分の首筋や、デコルテや、臍の部分や太ももに塗って泡まみれにする。

自分の大きな乳房に手をやろうとしたとき、チラリこちらを見た。その美貌に「ホントにするの？」と書いてある。

正一郎がこくこく頷くと、沙織はため息をつく。

「あんっ、やっぱり、いやらしいわ……」

と半ば呆れるように言いつつも、泡まみれの両手で重たげな胸を撫でまわして、小豆色の乳首が見えなくなるまで真っ白い泡まみれにする。

「ねえ、正一郎さん。ちょっと両手をあげて。水平になるくらい」

正一郎は「ん？」と思いつつ、両手を少しあげる。

すると、肉感的な三十八歳の裸体が前から飛び込んできて、正一郎をギュッと抱きしめてきた。

「う、うわわ……」

正一郎も思わず抱きしめる。

胸板に押しつけられた乳肉が、ふたりの身体でギュッとつぶされて、そのいやらしすぎる感触にうっとりする。

（温かくて柔らかくて、ヌルヌルしたおっぱい……くううう、気持ちよすぎる！）

ソープともっちりした乳肌、そして尖りのある乳首の感触が、触れているだけで、なんともいえぬ快感を与えてくれる。

「あん……いやあん……」

抱きついてくる沙織が、恥じらい声をあげながらも、密着したまま身体を揺り出した。

「おおう、き、気持ちいい……」

シャボンで滑る乳肉が、ぬるっ、ぬるっ、と正一郎の腹から胸元までをこすりつけてくる。

「あんっ、こんなことさせるなんて……」

相当に恥ずかしいのだろう。沙織は正一郎を非難するような声をあげる。

が、しかし、

「ンンッ……ンンンッ……」

息を弾ませて、身体をこすりつけていると、いつしかハアハアと悩ましい吐息が、耳のすぐ傍で聞こえてくる。

（沙織さん、感じてるじゃないかよ……）

正一郎は浴室の縁に座りながら、身体を昂ぶらせていく。

「うぅうん……ぅんんっ……」

沙織が妖しく息をはずませながら、上体をこすり合わせてくる。

動き方がどんどん淫らになっていき、正一郎の開いた脚の中に立ち、腰を妖しくよじらせて、ついには勃起に自分の下腹部をこすりつけてくる。

「くおおっ……」

ふっさりとした翳りの下にある柔らかな媚肉が、勃起に押しつけられた。

ワレ目から、くちゅ、という淫靡な音が立ち、亀頭の先端が濡れきった溝にこすられたのがわかった。

「たまりませんよ。沙織さんもこんなに濡らして……」

「あん、だって……オチ×チンがこんなに熱くて……私の身体にこすられて、すごく興奮しているんだもの。私だって、おかしくなっちゃうわよ」

瞼を落とした、とろんとした目つきと、目尻の泣きぼくろが色っぽくて、正一郎は沙織の表情を見ているだけで、またペニスをずきんずきんと脈動させてしまう。

「あん、また……いけない子……」

抱きついてハアハアと息を荒らげていた沙織は、身体を離して、正一郎の股間に膝をついた。

（え？）

正一郎が「なんだ？」という目で見ていると、沙織は上目遣いに、ねっとりした視線をよこし、そのまま正一郎の股間に胸を近づけていく。

沙織はシャボンにまみれた重たげな乳房をふたつ持つと、そそり勃つ勃起を胸の谷間に挟み、身体を上下させてシゴきはじめた。

「え？　くううぅ！」

正一郎はあまりの衝撃に、大きく呻いて腰をぶるっ、と震わせた。

（パ、パイズリっ……沙織さんが、こんな清楚な人妻が、自分からおっぱいでチ×チンをシゴいてくるなんて……）

いやらしいが、だがその一方で恥じらいもある可愛い熟女である。

それがいきなり、おっぱいで男性器を挟んで刺激してくるとは……信じられない。

誰にしこまれたのかわからないが、沙織のおっぱいがもちもちしていて、キレイで、とにかく柔らかくって魅力的だから、パイズリをさせたくなるのもよくわかる。

「あんっ、熱いわ……ズキズキしてる」

沙織は顔を赤らめて、羞恥に顔を伏せつつも、息をはずませながら上体を揺り動かす。

むにゅ、むにゅうう、と胸の間で亀頭がこすられると、勃起は熱く滾り、とろとろに噴きこぼしたガマン汁が切っ先からあふれ出す。

「おわわ、た、たまりませんよ」

気持ちよすぎて、鼻息を荒くさせると、綾乃がシゴきながら見あげてきて、はにかんだ笑みをこぼす。

「ハア、ハア……だめ、私も興奮しちゃう……熱いオ×チンが、私のおっぱいの中で、びくんびくんって……」

沙織は片側のおっぱいを手で持ちあげると、硬くなった乳頭で鈴口をこすってきた。

「おお、おおお……」

肉棒の芯が熱くなり、腰がひりつくほどの快感が襲ってくる。

「……ああん……だめっ……ああんっ」

切なげに喘ぎながらも沙織は、ぬるん、ぬるん、と肉棒をシゴき、さらにはおっぱいをキツく中央に寄せ、熱くなった肉竿を刺激する。

「く、くぅぅ」

正一郎は伸びあがって、脚をガクガクと震わせた。

「あ、あ、だめです。くぅぅ、そんなにしたら」

ペニスの甘い痺れが広がっていく。

沙織はおっぱいを揺らす手をとめず、こすりながらも、うるうるとした切なげな表情で見つめてきて、

「ああん、オチ×チン、すごく硬くなってきてる……」

と、さらに小刻みに身体を上下させて、おっぱいでしたたかにシゴいてくる。

パイズリがこんなに気持ちいいとは思わなかった。

なによりも見た目がすごすぎた。

沙織が眉をたわめて、とろんとした瞳で色っぽく喘ぎつつ、おっぱいの谷間から、己の男根の先端が出たり入ったりしている。

正一郎の昂ぶりが一気にピークに達した。

「んっ！　うう、だ、ダメ、出ちゃいます」

会陰がひりつき、ペニスの先に熱いものがこみあがってくる。

沙織はウフッと笑い、おっぱいをギューッと寄せてきて、まるで搾り立てるように、肉竿を強くこすってくる。

「うおっ、く、くっ」

目眩《めまい》がするほどの快感がせりあがってくる。爪先が震えた。

「ああ、で、出る」

もうガマンできなかった。

「きゃっ」

白い樹液がマグマのように噴きあがり、沙織の頬と、おっぱいにかかった。

彼女は一瞬目を丸くしたけれど、すぐに優しげに微笑んで、とろんとした双眸で見つめてきた。

腰が砕けそうな陶酔の中、人妻の白い肌にたっぷりとかけた征服感に酔いしれていると、沙織が立ちあがって、チュッと軽く唇にキスしてくれた。

「いっぱい出たのね、ウフフ」

その妖艶な双眸に、正一郎は一度出したはずなのに、また股間をムズムズとさせてしまうのだった。

5

湯煙の中、ふたりは火照った裸のまま抱き合い、激しく唇を求め合った。

「ん、んんぅ」

舌をからめ、もつれさせ、唾液をすする。角度を変えて息苦しいほどに口を吸いつつ、ようやく正一郎と沙織は唇を離した。

「気持ちよかった？」

沙織はしゃぼんをつけた両手で、わずかに縮んだペニスをこすってきた。

鈴口にたまっていたザーメンが、手の圧迫でぼたりと落ちる。

正一郎は、射精の余韻でハアハアと息を荒がせつつ、ようやく口を開いた。

「は、初めてっすよ。おっぱいでシゴいてもらうなんて……あんなエッチなこと、アダルトビデオでしか見たことなくて……」

言うと、沙織は驚いた顔をして、

「そ、そうなの？　みんなやっていることだと思った」

と、いまさら恥ずかしそうに頬をピンクに染める。

そこまでテクがあるようには見えないのに、パイズリだけは上手にできるなんて、沙織の過去の男の中にはよほどのおっぱい好きがいたらしい。

「俺ばっかり、気持ちよくなって、ごめん」

「ウフフ。いいのよ、最初からそう言ったでしょう。よかったわ」

沙織は「よかったわ」なんて言ってくれるが、おそらくパイズリなんて、奉仕するだけでそれほど気持ちよくなれないのではないかと思える。

気持ちよくさせたいという欲求が湧き、一度出したというのに早くも昂ぶりが戻ってくる。

「じゃあ今度は俺の番ですよ」

正一郎が立ちあがると、沙織はこの期に及んで恥ずかしそうに、所在なさそうにもじもじした。

(パイズリなんて大胆なことしたくせに、恥ずかしがるなんて……)

正一郎がボディソープをたっぷり手に取った、沙織は顔を引き攣らせる。

「わ、私はいいってば」

「よくないですよ。洗ってあげる約束でしょ」

「そんな約束してないっ……あんっ」

言い訳がましい沙織を立ったまま抱きしめ、手を伸ばし、またおっぱいを揉んだ。

「あ、あ……」

たまらないとばかりに、早くも沙織が腰をくねらせる。

正一郎はおっぱいを揉みくちゃにしながら、右手で沙織の豊かな腰を抱いて引き寄せる。

そして、ヌルヌルになった裸体でギュッと抱きしめて、下腹部ごと沙織の豊満な肉体にこすりつけた。

「ああん、なにをするのっ……やんっ……あ、あっ」

まるでソープ嬢のごとく、お返しする。

泡まみれの身体を前後に揺らしつつ、沙織の両脚の間に脚を入れ、毛深い太も

もを彼女の股間にこすりつけると、

「……ああん、だめっ……こんな、ヌルヌルして、ああん、いやらしい」

沙織がいやいやと顔を横に振った。

しかし、ぴったりと身体を寄せながら、泡まみれの全身を何度もこすりつけていくと、沙織は次第に「あんっ……あんっ……」と息を弾ませて、ようやく欲情を孕んだような、とろけた表情を見せてくれる。

目の下の泣きぼくろと潤みきった瞳に、信じられないことに、分身が再び力を漲らせていく。

(おお……続けてこんなに勃起するなんて)

嬉しくなって、正一郎は勃起を沙織の股間にこすりつけた。

彼女は「ええ？」と驚いた顔を、正一郎に向けてくる。

「……もうこんなに……すごいわ、若いのね……あ、ああっ」

ぎゅっと抱きしめると、沙織が切なげに眉間にシワを寄せる。

泡立ちのいいボディソープのせいで、全身がぬらついていて、おっぱいも恥部もソープまみれでヌルヌルだった。

「ああ……気持ちいいですよ……」

ふたりで立ったまま、身をくねらせつつシャボンまみれの素肌をこすり合わせているると、もう愉悦がふくらみすぎて、おかしくなりそうだ。

「あん、オチ×チンが……こんなに硬くなって……」

下を見れば、沙織がねっとりした目で見あげてきていた。

口の形で「エッチ」と伝えて、ウフフと笑う。

「沙織さんだって……このヌルヌルは、ボディソープじゃないでしょう?」

正一郎は意地悪く笑うと、沙織の脚の間に差し入れた太ももで股間をこすりあげた。

「ああんっ……」

沙織が悶えて、背中にまわした手に力をこめる。

太ももにクニャッとした肉ビラが吸いつき、あったかい粘液をとろとろと噴きこぼしているのが、生々しく伝わってくる。

さらに太ももでこすりあげると、

「あっ、やん、ああんっ……」

と、沙織はひときわ甲高い声をあげて、腰を揺らめかせる。

もうどうにもとまらなかった。

肌と肌をこすりあわせながら、正一郎は指を下に持っていき、繊毛の奥のワレ目にぐらせる。

「あ、あんっ……」

ぬるんと、何の抵抗もなく膣口を指が穿《うが》ち、沙織は鼻息を漏らして、脚をガクガクと震わせる。

(すごい……もう、どろどろじゃないか)

まるで煮え滾る果実に、指を入れたみたいだった。

そこは異様に狭く、ひくひくと媚肉がわなないて、侵入した指をキュウウッ、と締めつけてくる。

中指を奥までくぐらせると、大粒のざらつきがあって、指腹でそれをこすれば沙織は、

「ううんっ……」

とくぐもった声を漏らして、ギュッとしがみついてくる。

ぐちゅ、ぐちゅ、と音を立てるほどかき混ぜると、沙織は顔を正一郎の肩にくっつけてきて、

「ああ、ああっ……」

と切なそうな声を漏らし、よりいっそう力強くしがみついてくる。

もうガマンの限界だ……。

こちらがそう思った矢先だ。

「ああん……お願い……」

沙織はハアハアと呼気を荒ぶらせながら、恨みがましい目で見つめてきた。

「何をです？」

何が欲しいのか、わかっているが正一郎はニヤニヤ笑う。

沙織は一瞬、眉間にシワを寄せて睨んでくるも、膣中に挿入したままの指を動かせば、とたんに泣き顔をさらしてくる。

「い、いじわるね……入れてっ……もうガマンできないから、オチ×チンをちょうだい」

と、沙織はついに、いやらしい告白をする。

清楚で可憐な人妻を、次第に乱れさせていくのは男冥利に尽きる。

それならば、もっと恥ずかしいことをさせてみたくなった。

正一郎は、浴室のタイルの床に仰向けで寝そべった。

狭いが、脚を曲げれば男ひとりならなんとか寝られる。

沙織は、一瞬とまどったが、もう恥も外聞もなく、どうにも欲しくてたまらないのか顔を赤らめつつ、正一郎の顔を見ないようにして、腰を跨いでしゃがんできた。

(今にも泣きそうな顔がいい。いじめがいのある人だなあ)

ゆっくりと丸みのある尻が下りてくる。

沙織の顔は、そむけていても、もう欲情は隠しきれない。

蹲踞《そんきょ》するように、じりっ、じりっ、と、腰を落としてきて、そそり勃つ亀頭にワレ目を合わせていく。

肉竿にそっと指を添え、自らの狭穴に切っ先を向ける。

ゆっくりと花びらが左右に開かれて、亀頭が赤い潤みに埋まっていく。

「ぁああ……あああ……くぅぅ」

沙織が切なげに眉を寄せ、潤みきった瞳を正一郎に向けてくる。

ゆっくりと陰部が沙織の中に埋もれていく。広げられたワレ目から、熱い蜜がたらりとあふれてきた。

「ううん……うううッ……」

結合の衝撃に、沙織が打ち震えている。

ムチムチした肢体が正一郎の上で痙攣して、大きな乳房が目の前で揺れ弾む。

「おお……」

下になった正一郎も、あまりの衝撃に腰を震わせた。

熱い。そして、狭い。

久しぶりに味わう女の肉に、正一郎は我を忘れるほどに興奮した。

彼女がM字開脚で、もっと深く腰を落とせば、みっちりした肉の襞が亀頭を包んで、からみついてくる。

「くうう……」

怒張の張り出したエラにも、吸いつくように襞が密着する。

息もつまるほどの気持ちよさに、もんどりうちたくなるくらい悶えてしまう。

沙織は最後まで尻を落としきると、

「ぁあああッ、いやっ、いやんっ、奥まで……奥まで届いて……あううう」

正一郎の上で、人妻はむせび泣いた。

ぺたりと正一郎の下腹部に腰を下ろして震えていたが、やがてもうガマンできないとばかりに、自ら腰を前後に揺らしはじめた。

（うおお……す、すごい）

正一郎は下から見あげて、息を呑んだ。

「ぁああ、ああん、んんっ」

恥じらうことも捨て去り、熟女は腰を大きくグラインドさせている。

「ああんっ……大きいっ……だめえぇ」

両手をぺたんと正一郎の腹に置き、腰を前後に振りたくる。

人妻の熟れたおっぱいを揺らして、背を弓なりにしならせて、それでも淫らな腰振りはとまらない。

「おおお……」

たまらなくなってきて、正一郎は鼻息を荒くし、腰を浮かせた。

肉竿が膣奥に埋められたまま、キュウキュウと熟女の媚肉に食いしめられて揺さぶられる。

早くも甘い射精への疼きが広がっていく。

「あんっ……私の中で……びくびくしてるっ、ああんっ」

清楚な顔は猥《みだ》りがわしく歪み、甲高い声が「あっ、あっ、あっ……」とスタッカートしている。

やがて、沙織はうっすら正一郎を見つめながら、ぐりん、ぐりんと腰をまわして、さらに奥へと引き込むように股間を押しつけてくる。

(す、すごい……)

M字開脚のまま、腰を前後上下に動かしているので、ぬらぬらと愛液で濡れ光る分身が、蘇芳《すおう》色の花びらから出たり入ったりするのが、ばっちり見える。

たわわな乳房は、綾乃の動きに合わせ、ばゆん、ばゆんと大きく揺れはずみ、小豆色の乳首が完全に屹立して、せり出しているのがいやらしすぎる。

下から揺れる乳房をとらえ、ぐいぐいと揉みしだきつつ、乳首をこねると、

「ああんっ、いやッ」

と、性感帯であろう部分をいじくられれば、沙織の腰振りはさらに淫らに激しくなり、ぐちゅ、ぐちゅ、と淫靡な肉ズレの音が大きくなっていく。

「くうう、たまらないよ、沙織さん」

「ああん、だって、だって……こんなに奥に、オチ×チンが当たるんだもんっ、ああん、あああんっ」

三十八歳の熟女はまるで少女のような言い訳をし、さらに快楽をむさぼろうと腰をせり出してくる。

正一郎も、負けじと下から突きあげた。

沙織の尻を浮かすほどにグイグイと腰を揺らすと、騎乗位の人妻はなすすべもなく正一郎の上で揺れ弾んで、いやらしいおっぱいも、淫らな表情も、全部をさらけ出して、激しく身悶える。

「ぁああ、ああっ、恥ずかしい、恥ずかしいのに……見ないでっ……見ちゃいやあ、あああんっ」

これ以上まわらないくらいに顔をそむけながらも、熟女の欲望の深さは凄まじく、まるで精液を搾り取るがごとく膣肉で食いしめて、結合部をこすりつけてくる。

正一郎は歯を食いしばり、さらに猛烈にストロークする。

パンッ、パンッと、柔らかな尻肉と腰がぶつかる打擲音を奏でると、沙織は下から表情が見えないほど、顔をのけぞらせ、

「あああん、だ、だめっ」

と腰を震わせながら、うわずった声を絞り出す。

泣きそうな顔で上から見つめてくる沙織の艶めかしい表情に、正一郎の昂ぶりはさらに大きくなる。

「くううう……」

負けじとしゃにむに、グイグイと下から腰を押しつける。

沙織がバランスを崩しそうになり、差し出してきた両手に正一郎も指をからめて、恋人つなぎをしたまま、一気に突きあげた。

「あぁああ、オチ×チン、気持ちいいっ……ああん、アアアアッ！」

風呂場に女の声が響き渡り、正一郎に跨がったままの沙織は、総身を強張らせる。

次の瞬間、ビクンッ、ビクンッと彼女の腰が痙攣した。

その震えが、射精寸前の亀頭を刺激する。

正一郎も一気に昂ぶりが頂点に達した。

「くぅぅ、だ、だめだ。出るッ」

「ああん、いいわ。きて、ちょうだい。このままちょうだいッ」

騎乗位のまま、沙織が叫んだ。

正一郎は腰を入れながら、熱い樹液を吹きあげた。

どくん、どくん、とペニスが脈動し、沙織の中にたっぷりの精を放出する。

射精の甘い刺激が訪れ、全身が甘く痺れていく。

「あ……あっ……すごいっ、私の中にいっぱい……」

沙織はうっすらと母性にあふれる優しい笑みを漏らすと、上体を倒してきて唇を重ねてきた。

正一郎も手を解き、沙織を強く抱きしめながら、ぶるっ、ぶるっと最後の一滴まで流し込む。

こんな至福は本当に久しぶりだった。

第三章　添い寝の匂い

1

風呂のあと、二階に行ってもう一度沙織を抱いた。

寝間兼居間には小さな仏壇がある。

死んだ女房の梨紗子の写真は伏せておいたものの、沙織が怖がるかなと思ったが、意外にも何も感じなかったようで、抱いた後はシングルの布団に身を寄せ合って、お互い裸のままでぐっすりと眠った。

朝起きて横を見ると、布団から、ほっそりとした白い肩がのぞいていた。部屋の中は、甘い女の匂いでいっぱいになっていた。

（ああ……夢じゃないんだな……こんな美しい人妻を……）

せっかく風呂に入ったのに、そのあとでまたセックスをしたから、イチモツに渇いた精液や愛液がこびりついている。

布団をそっとめくると、こちらに背を向けて横臥する女の裸体があった。

さらさらとした絹のような黒髪に、なめらかな白い背中、腰はギュッとくびれているが、わずかに熟女らしい肉がついているのがエロい。

そこから大きく丸みを描く、むちむちと張りつめた肉づきのいい尻がたまらない。

人妻の匂い立つような官能美に、正一郎は見ているだけで、早くも股間を大きくしてしまう。

そっと髪を撫でると、沙織は「ん……」と小さくのびをして、くるっとこちらを向いた。

「正一郎さん……ンフ……おはよ」

至近距離で見つめられて、ドキッとする。

化粧を落としたすっぴんでも、タレ目がちな双眸はくっきりと大きく、泣きぼくろと相俟ってセクシーだった。

「お、おはよう……」

言うと、沙織がチュッと軽く口づけをしてきた。

新婚気分が戻ってきたようで、正一郎の胸は至福に湧く。

沙織のウフフと笑う顔が、ハッとして、次にはイタズラっぽい笑みに変わっていく。

「……すごいわね、若いって。起き抜けでもうこんなに……」

布団の中でしなやかな指が、勃起にからみついてこすってきた。

「くっ……うう……だめです。したくなる」

正一郎が腰をひくつかせながら言うと、彼女は驚いた顔をする。

「昨日あんなにしたのに……朝からシタくなるの？　やだもう……」

とろんとした双眸の下が、ねっとりとピンク色に染まる。

その恥じらいが可愛らしかった。三十八歳のセクシーな美熟女だが、こうしてはにかむような表情はやはりあどけなく見える。

（だめだ……たまんねえ）

正一郎は布団を剝いで、沙織に覆い被さった。

「あんっ……こんな朝から、だめだってば……」

戸惑う美貌を尻目に、ふくよかな乳房に指を食い込ませて、揉みしだく。

指が沈むような柔らかな肉層は、何度触っても興奮する。

男はおっきなおっぱいを目にすると、おそらく、本能的に揉んでしまうのだろう。

「あっ……だめって……あっ……あっ……」

いやだと言いつつも、沙織もまだ昨夜の余韻が残っているようで、すぐに眉根を寄せた色っぽい表情に変わり、肉感的な裸をくねくねとよじらせる。

声が漏れてしまうのが恥ずかしいのだろう。

沙織は身悶えしながら、手の甲を口元に持っていき、甘い喘ぎ声を隠そうとする。

「あっ……ダメッ……あんっ」

起き抜けのはずだが、やはり彼女は敏感な身体の持ち主だった。

もう昂ぶりつつある肉体を、さらに淫らにさせようと、正一郎は敏感な乳首にしゃぶりついていく。

ぱっくりと頬張ってチュウッと吸い、さらに舌でねろねろと舐め転がせば、

「あんっ……！」

と、沙織は女の声をあげて背をしならせ、それを恥じるように手の甲で口元をギュッと押さえつける。

その反応が可愛いと上目遣いに眺めつつ、正一郎は右手で乳房をやわやわと揉みながら、左の乳首を舐め続ける。

舐めるうち、くすんだ小豆色の突起が硬くしこってきた。

（感じてきている……ようし……）

正一郎は、唾液にまみれ、自分の唾の匂いのする乳首を指でキュッとつまんだり、よじったりする。

「ぁああ……くぅぅ……」

と、沙織が、こらえきれないとばかりに顎をせりあげて腰を悶えさせる。

下半身を見れば、爪先がじれったそうに敷き布団をこすっていた。沙織も欲しくなってきている。

嬉しくなって、右手を太もものあわいに忍ばせ、そこからゆっくり上方に向かって撫であげていく。

「ああ……」

目を細めた沙織が、切なそうに喘いだ。ふと目が合って「いやっ」とばかりに顔をそむける。

(感じてしまって、どうしようもないはずなのに……それでも、見られたくないんだな)

やはり羞恥心のある慎ましやかな女性はそそられる。

もうガマンできなくなって、正一郎は身体をズリ下げていき、むちっとした脚の間に腰を入れ、沙織の膝の裏をつかんで持ちあげた。

「……っ!」

沙織がハッとした顔をしてから、これ以上無理だというところまで顔を横に向けて、キュッと目をつむった。

膝を曲げた状態で、羞恥のM字に脚を開かされて、女の部分を丸出しにされているのだから、恥ずかしがり屋の沙織がたえられるわけはない。

(うわっ……もう、びっしょりじゃないか……)

ふっさりした茂みの奥で、ワレ目の中のとば口がわずかに広がりを見せている。

内部は、ぬるぬるした蜜のとろみがあふれ、いやらしい赤い媚肉が息づいている。

「ああ……そんなに見ないで……」

沙織は耳まで真っ赤にして首を横に振った。

しかし、そんな楚々とした反応とは裏腹に、恥部は男を欲しがるようにぬらついている。

「見ますよ。見るし、もっと気持ちよくさせてあげます」

煽るように宣言して、正一郎はくちゃくちゃになった蘇芳色の花びらに、顔を近づける。

ツンという磯の香りがした。その濃厚な匂いはしかし、男性器をより逞しくさせる淫靡な芳香だった。

そっと唇をつけると、沙織は、

「あああっ、いやっ、だ、だめっ」

と、慌てて脚を閉じようとする。

そうはさせまいと、正一郎は沙織の太ももを手のひらで押さえつけ、開脚させたまま、狭間の粘膜に舌を走らせる。

獣じみた生々しい匂いと酸味を味わいながら、ねろねろと舌を動かすと、

「あ、はぁぁ……あぁん、な、舐めるなんて……」

と、あまりクンニをされた経験がないのか、両手で正一郎の肩を押し返してこ

ようとする。

だがそれでも……舌がぐっしょり濡れた媚肉に触れるたび、腰がビクッ、ビクッと震えるのだから、感じているのは間違いなかった。

(ならば……もっとだ。もっと感じさせてやる)

舌先をワレ目だけでなく、狭い膣口に差し入れて、ぬぷり、ぬぷりと出し入れさせる。

すると、奥からしとどに熟女の甘蜜がしたたり落ち、舌ですくいあげれば糸が引くほどにねちゃねちゃと粘り気のある、本気汁に変わっていく。

正一郎が懸命に、舌で抜き差しして刺激していくと、

「んっ……んっ……あっ……あっ……ああ、あああ……」

沙織は背をのけぞらせ、ひときわ甲高い甘え声を放ち、腰をぶるぶると震わせはじめる。

舐めるのをやめて沙織の表情をうかがうと、今にも泣き出さんばかりにくしゃくしゃだった。

さらに、ねちゃねちゃといやらしい音を立てながら、膣口を広げるように舌で舐めまわし、指を使って花びらを左右にくつろがせて、小ぶりの肉豆をちょんと

舌先でついてやる。

「ぁああ……ああんっ……いやっ……ああんっ、恥ずかしい、ああんっ」

沙織は恥じらいつつも連続で喘ぎ声を奏で、かなり気持ちいいのか、いよいよ、下腹部を浅ましくよじらせてこすりつけてくる。

秋口の朝だというのに、沙織はうっすらと汗をかいている。

肌は上気してピンク色に染まり、さらさらの黒髪が乱れて、頬に張りついているのがなんとも猥りがわしい。

あれほど淑やかな熟女が、自分の舌や指ではしたなく乱れて、女の性欲を隠さなくなっているのが嬉しかった。

俄然気をよくした正一郎は舌腹を使って、ぴんぴんのクリトリスをべろんっと舐めあげると、

「あああっ、あああ……」

と、沙織はうつろな目を見開いて、首に筋ができるほどキツくのけぞった。

(た、たまんねえ)

しっとりした肌は汗ばみ、女の柔肌が甘い臭いを漂わせている。

陰部からはむせ返るような発情のエキスを垂らして、生々しくもツンとする生

魚のような匂いを発している。

「ああ、ゆ、許してっ……もう許して……」

両脚を大きく広げたまま、沙織は苦悶の表情を浮かべて訴えてくる。

「許して？　それって、やめればいいんですかねえ」

正一郎がニタニタしながら言えば、沙織はキッとこちらを睨んできて、

「や、やめないで……わかったわ……ち、ちょうだい……もう……ああんっ……

こんなこと言わせるなんて……ひどいわ」

沙織が真っ赤になって顔をそむける。

その恥じらい顔に欲情するまでもなく、もう正一郎も臨戦態勢だ。

イチモツはギンギンで、切っ先からヨダレをたらたら噴きこぼしている。

正一郎は沙織の開いた太ももの奥から、顔をあげた。

そして、正常位で屹立を濡れ溝に押しつける。

広がって蠢《うごめ》いている膣口に亀頭部を当て、ぐいっと腰を入れる。

勃起が入り口をムリムリと広げていく感触があり、さらに押すと奥までぬるりと入っていく。

「はぁぁぁん……ああ、いい、いいわッ！」

沙織が弓なりに背を反らして、激しく身悶える。

熱い媚肉がキュッとペニスを押し包んでくる。思わずヨダレを垂らしそうなくらいに気持ちよくて、たまらず腰を突き入れた。

「あんっ、ああんっ……ああんっ……いい、すごいっ……すごいわっ……ああぁんッ」

沙織はもう恥じらいも忘れたように、くしゃくしゃの顔で見つめてくる。目尻の泣きぼくろとともに、とろんとした目を向けられる。

（ああ……なんて色っぽい顔なんだよ……）

正一郎は朝から、がむしゃらに突き込んだ。

もう、とめることなんてできない。

早くも快感がふくれあがり、甘い陶酔感を感じながらも、ただひたすらに沙織を渾身の力で突きまくった。

2

――こうして、正一郎は家出したという沙織を家に置いてやることにしたのだが、当初二、三日と言っていたのに、あっという間に一週間が経ってしまった。

だが沙織が店を手伝ってくれて、しかも客あしらいがうまく、陽気に愛想を振りまいてくれるものだから、正一郎としては一週間でも別段文句もない。

しかもだ。

愛想がよく、色っぽくてグラマーな三十八歳の美熟女がいるので、居酒屋の客足も伸びていって、いいことずくめだった。

「ねえ、沙織さんは、どこの人なの？」

クリーニング屋の亭主が、カウンターで枝豆をつまみながら、中にいる沙織に訊いた。客の男どもがみな聞き耳を立てている。

「天神町ですよ。橋の向こうの」

「ああ、あっちかあ。でも俺配達にも行くけど、こんな美人いたっけかなあ」

クリーニング屋が首をかしげる。

「ウフフ。美人なんて」

「で、沙織さん、それで正ちゃんと所帯持つの？」

別の客がいきなりどぎついことを言う。

沙織がちらっと、こちらを見る。

その目がやけに艶めかしく、一瞬ドキッとするも、すぐに人妻であることを思い出して正一郎は困った顔をする。

すると沙織は、泣きぼくろのついたセクシーな目元を緩ませて、

「どうかしら、今のところはまだ、これかしら」

と小指を立てるものだから、正一郎はギョッとして、おいおいと声をかけそうになる。

（ああ、でも……家出してきたなんて言えないものな。これでいいのか）

正一郎が焼き鳥をひっくり返して炙っていると、目の前のカウンターに座る酒屋の親父が、じろっと睨んだ。

「おい、正一郎。なんも言わんのか？　いいじゃねえか、沙織さんなら。器量よしだし。まあ、向こうが一緒になってくれるわけはないんだろうけど」

「あら、私はそんな気もあるんですよ」

と、沙織が調子を合わせるから、カウンターの席の客がどっと湧いた。

「おい、正ちゃん、こんな美人にここまで言わせてるんだぜ」

「早く所帯持てよ」

はやし立てている中で、魚屋の倅の宏一が、

「しっかし、正一郎さんって、なんでこんなにモテるんだろ。梨紗子さんも美人だったけど、それに負けず劣らず……」

カウンターの連中が、いっせいに宏一を見る。

宏一は「あっ」という顔をして、小さくなって頭をかいた。

「いいんですよ、梨紗子さんのことは聞いてますから」

沙織が言う。

正一郎は、前の女房のことを話したっけかなあ、とぼうっと考えていて焼き鳥を焦がしそうになり、慌てて裏返した。

(もうすぐ一年か)

秋も深まってくると、正一郎は梨紗子のことを考えてしまう。

寂しくなってしまいそうだったから、沙織がいてくれてよかったと思う。

といっても、沙織は一日中ずっと家にいるわけでもない。

昼間には「ちょっと家に戻るから」と言って着替えを取ってきたり、「友達と逢うから」と出かけたりして、大抵は夕方に戻ってくる。

これってホントに家出なんだろうか、と正一郎は不思議な気持ちになる。

なんだか、友達の家に泊まっているような気軽さである。と、いっても、セックスはするのだが……。

その日は、雨がにわかに降りつのってきて、間近に雷鳴が轟いていた。

(ひどい降りだなあ)

そんなことを思いつつも、仕込みにせいを出していた正一郎は、ガラス戸がガラガラと開いた音を聞いて、てっきり沙織が帰ってきたのだと思った。

「おかえり。ひどい雨……あれ?」

正一郎は顔をあげ、包丁を握ったまま呆けてしまう。

ずぶ濡れで立っていたのは、ショートヘアの若い女の子……姪のあかりだった。

あかりは、正一郎の八つ上の姉、百合子《ゆりこ》の子供である。

百合子はちょっと変わっているところがあり、亡くなった両親や正一郎とはあまりそりが合わないで、向こうから距離を置いている。

ところがその子供のあかりは、姉とは違って人なつっこいところがあり、ひとまわり離れた叔父のところに、こうしてたまに遊びに来るのである。

「やあん、いきなり降られちゃった」

とハンカチで顔を拭くあかりは、長袖のTシャツとチェックのフレアミニスカートを穿いていたのだが、雨でぐっしょり濡れて、Tシャツが身体にべったりと張りついてしまっていた。

二十歳の成熟した、たわわな乳房のふくらみが、完全に浮き出ている。

しかもTシャツ越しに、薄ピンクのブラジャーのレース模様まで透けて見えていて正一郎は慌てた。

「お、おまえ……いきなり来て……なんだよ、その格好……」

正一郎はドキドキしながら、里芋の皮を包丁で剝いた。いつもよりかなり分厚い皮が、シンクに落ちる。

「なあによ、その格好って。スカートが短すぎるとか、言いたい……」

あかりは下を向いて、ハッと顔を赤らめた。

両手でTシャツの前を隠し、正一郎をジロッと睨んでくる。

「叔父さんのエッチ……」

くりっとした黒目がちな大きな目が細められて、まるで痴漢でも見たような、蔑んだ目つきをする。

正一郎はカアッと顔が熱くなるのを感じて、けっ、とうつむいた。

「お、おまえはアホか。姪に欲情なんかするかよ。だらしないから、着替えてこいって言ってんの」

説教じみたことを言いつつも、頭の中では、あかりの成熟したおっぱいが焼きついてしまっていた。

昔はぺったんこだったのに、高校生の頃からか、日に日に成長して、この前は訊いてもいないのに、Fカップになったと教えてくれた。

(腰なんか折れそうなほど細いのに、おっぱいだけは成長しやがって……)

そんなことを思いつつ、なるべく見ないように里芋を剝いていると、

「ついでにタオルも借りるからねえ」

ずいぶん久しぶりにやってきたというのに、あかりはまるで勝手知ったる我が家のように、遠慮なしに店の奥に入っていく。

(まったく、いきなり来て、なんなんだ……まあでも、ホントに可愛らしくなったもんだ)

ショートヘアの似合う丸顔と、くりっとした大きな目。鼻は小さめだがすっと通っていて、唇も薄くて上品な顔立ちをしている。

しかもおっぱいはたわわに実り、腰は急激にくびれている。

このルックスに、このプロポーションなのだから、まあ世の中の男が放ってお

くわけはないと思うが、そういえば、大学でよくナンパされると自慢してたっけな。

（あ、待てよ……）

正一郎はハッとした。

脱衣所には沙織のパンティやブラジャーが干してあったはずだ。

見られると、いろいろ面倒なことになる。

慌てて正一郎は脱衣所に行くが、戸が閉まっていて、あかりはもう中にいるようだった。

「おーい、その干してある女物の下着のことは、あとで説明するからな」

ドアの前で正一郎が言っても、中からは返事どころか物音すらしない。

「おーい」

コンコンとドアをノックしても返答がなかった。

（あれ？　いないのか）

「おーい」

てっきりトイレでも行っているのかと思って、引き戸を勢いよく開けると、ラベンダー色のブラジャーとパンティを身につけた、なんとも色っぽい下着姿のあかりが立っていた。

「う！ うわっ、すまん」

正一郎は慌ててドアを閉め、息を荒ぶらせる。

（ふ、不可抗力だぞ。子供の頃から知っている姪のハダカなんか……）

そう思うのだが、一瞬だけしか見てないはずなのに、あかりの悩殺的な下着姿はしっかりと頭に残っていた。

まばゆいくらいの美しい肢体だった。

いや美しいだけでなく、しっかりと大人びて成熟していた。

清楚なあわい色のブラジャーが、息を呑むほどの丸みを押さえつけていた。

Ｆカップなんて嘘だろうと思っていたが、いやいやブラジャーからこぼれんばかりの迫力の乳房を見て、本当にそうなんだと感心してしまった。

そしてキュッとしまった腰のくびれも、やけにいやらしく、そこから太ももへ続く下半身は、しっかりと柔らかそうな肉がついていた。

白く清らかな肌の美しさはもちろんだが、伸びやかな肢体には、どこもかしこも若々しい肉が実り、あかりがすでに成人し、女としての魅力に満ちていることが改めて正一郎にもわかった。

叔父としては、あかりの成長はうれしい限りだ。

しかしだ。

同時にピチピチとした若さにあふれる女子大生の悩殺美に、正一郎はあらぬ欲情を抱いてしまったのも確かだった。

そんなことを思っていると、ガラッと戸が開いた。

「い、いや、違うんだ。今のはわざとじゃなくて、呼んでも返事をしなかったから……」

焦って言い訳するのだが、あかりの様子がおかしい。

ブラ紐が見えるほどブカブカのトレーナーと、太ももがほぼ隠れるでかいハーフパンツは、正一郎が昨日身につけていたものだ。

あかりが勝手に洗濯かごから拾ったのだろう。

その格好はまあいいとして、問題はあかりの表情だ。

病的なまでにうつろで、具合でも悪いのかと思うほど、青ざめていたのが気になった。

「お、おい、どうした……」

あかりがこちらを見た。

キュートな小顔が、ぎこちなく強張っている。

「あのね、叔父さん。今日は、私……暇だから寄ったわけじゃないの」

「……なんか用があったっけ？」

正一郎ははたと考えた。

梨紗子の一周忌はまだだし、親父たちの法事もまだだ。それ以外に、あかりの参加する行事なんかあっただろうか。

「おじいちゃんとおばあちゃんに呼ばれたの。ここによくないものがいるって」

「はあ？　おい、冗談は……」

と言って、ドキッとした。

あかりの後ろの脱衣場に、沙織の干してあったはずのパンティやブラがなくなっていた。

沙織が出かけたあとも、まだ紐にぶら下がっていたのを、正一郎ははっきりと見ていた。

「おい、ここに、女物の下着があったろう？」

洗濯を干す紐を指さすと、あかりは一度振り向いてから、またこちらを向いて、そんなの知らないとばかりに首を振る。

「やっぱり……叔父さん、おかしなものを連れてきたみたいよ。この家に入ってから、ずっと胸騒ぎがするもん」

「おいおい……いい加減に……」

と、言いつつ正一郎は肝を冷やしていた。

悪い冗談だ、と思いたいのだが、あかりは霊感が強いことを正一郎は知っていた。

子供の頃から得体の知れないものが見えるらしく、ずいぶん前も新しくできた健康ランドに行ったとき「湯船に女の人が浮いている」と、誰もいない露天風呂を見て怖がっていたのだが、本当にそこで殺人事件があって、女性が埋まっていたということがあとでわかった、なんてことがあった。

実は百合子にも、そういった霊感的なものがあったので、正一郎はすべてを信用したわけではなかったが、なんとなく普通の人とは違うのだろうな、ということは感じていた。

ただ、あかりが「大学を出たら祈禱師になる」と言い張るのだけは、やめとけと散々言ってきかせてのだが……。

「ねえ、叔父さん。上に行っていい？」

あかりが言った。

「え？　あ、ああ……」

正一郎が、きょとんとしているのを尻目に、あかりはとんとん、と急な階段を弾むようにあがっていく。

やれやれ、ホントかよ……いや、まさかな……と、信じられないと思いつつ、正一郎も階段をあがろうと手すりにつかまり、上を見た。

思わず、ギョッとした。

あかりの尻が揺れているから、ハーフパンツの大きな隙間から、ラベンダー色のパンティがばっちりと見えた。

小さくて薄い布地が、意外にムチッと張った双尻に食い込んでいる。

乳房だけではない。重たげな量感たっぷりで、ぷりん、ぷりんと揺れているヒップの丸みは、ふるいつきたくなるほど悩ましかった。

（やっぱり、あかりってエッチな身体をしてるんだな……）

こんなときにも、下腹部をむずむずさせてしまうのが、男として哀しい。

と、そんな不埒なことを考えながら階段をのぼり、あかりのあとに続いて部屋に入ってみると、その異変に正一郎は眉をひそめた。

沙織の持ってきたはずの鞄がなかった。

というよりも、沙織がいた痕跡がまったくないのである。

(あれ？　帰ったのかな)

だが、昼頃に出かけると言った沙織は、何も持たずに出ていったはずだ。

「ねえ、叔父さん。なんで梨紗子さんの写真伏せてるの？」

あかりがめざとく見つけて、仏壇の前まで行って写真を立てた。一週間ぶりに梨紗子の顔を見た。すまんかったと、正一郎は遠くから手を合わす。

「ねえ、いったい誰といたのよ、ここに」

目の前に来たあかりは、ジロッとこちらを怖い顔で睨んできた。古女房の写真を伏せていたことで、なんとなく察したらしい。

「誰と、って、おまえ……」

沙織のことを話すとなると、あかりに男女の生々しい行為を匂わせることになる。梨紗子に死なれて一年で、まだ喪中だ。

しかも家出してきた女を、ほいほい泊めたということになると、あかりに軽蔑されるのは間違いない。

さて、どうごまかそうかと逡巡していたところに、ちょうど下から正一郎を呼ぶ声がした。

「客が来た。ちょっとその話はまたあとな」

これ幸いと階段を下りていくと、いつものクリーニング屋の亭主と、果物屋が傘を畳んでいるところだった。

「わるい。ちょっと仕込みが遅れてでさ。昨日の枝豆とビールでいいかい？」

「それでいいよ。なんか今日さあ、風と雨が生ぬるくて、きもちわりいからさ。冷えてるの、ちょうだい」

「あいよ」

正一郎が、瓶ビールを冷蔵庫から出してくると、クリーニング屋が、

「おっ、あかりちゃん。久し振り」

と声をかける。

あかりが笑いながら、正一郎の脇に立つ。

「おい」

「いいわよ、手伝ってあげるから」

「いいってば」

そんな問答していると、果物屋がふいに、

「あれ？　沙織さんは、今日休み？」

と、切り出した。

（やばっ、しまった）

シッ、と唇に人差し指を立てても、当たり前だがふたりには何も通じない。するとと、あかりがカウンターから身を乗り出して、クリーニング屋に詰め寄った。

「今の、沙織さんって誰？」

客のふたりは、あかりを見て「おっ」と鼻の舌を伸ばす。

「それ、正ちゃんのトレーナーじゃないかよ。おおう、生脚が色っぽいなあ。しっかし、いいなあ正ちゃん。新しい嫁さんに可愛い姪までいてさ」

果物屋がイヒヒと笑った。

正一郎はあわあわと慌てた。

「ち、違うって。ありゃ、新しい女房じゃねえってば。あははは、やだなあ」

「ちょっと、今の新しい嫁さんってなに？」

あかりがすごい剣幕で、果物屋に言い寄った。

まったく話がそらせなくて、もう正一郎は観念した。

「ああ、そういえばさあ」

クリーニング屋が、ちょっとした修羅場なんか微塵にも感じず、呑気に豆をかじりながら言った。

「沙織さん、天神町だろ？　ちょっと調べたんだけど、おかしいんだよなあ」

「え？」

三人の顔が、いっぺんにクリーニング屋に向いた。

「篠田沙織、じゃなくて、高原《たかはら》沙織さんって人はいたんだよなあ。古い客が多いから、ちょっと訊いてみたんだけどさ。泣きぼくろのある色っぽい人妻って、そしたら沙織さんだわっ、て、言うもんだから……」

クリーニング屋はまた、豆をかじりながら続けた。

「でもさあ、その沙織さんは、少し前に死んでるんだわ。なあ、あの沙織さんって、ホントはどこの人なんだい、正ちゃん」

3

「おい、ホントにそんなんでいいのかよ？」

正一郎はジャージ姿であかりの後ろにいて正座していた。

暗い窓にひとしきり雨がしぶいて、時折、雷鳴が轟いている。

まさに除霊だかエクソシストだかしらないが、そういう類いにうってつけの夜である。

「大丈夫よ。こういうのは雰囲気だから」

あかりは仏壇を拝みながらそう言うが、正一郎はげんなりしていた。

一応、あかりは白無垢の行者装束を身につけて、数珠など持っているのだが、どれも商店街のディスカウントストアで買った、コスプレ衣装である。

しかもその下は、正一郎のトレーナーとハーフパンツのままだ。

ずぼらなことだから、つっこみたくなるのも当然だ。

というよりもなによりも、あかりは素人だし、ましてやあの沙織が幽霊だなんて見当違いだろうという思いが強い。

あかりがちらりと後ろを見て、真面目な顔で言った。

「生気を吸い取られないように、気をしっかり持ってよ、叔父さん」

「……おまえ、この血色のよさそうな顔見て言ってんのか？」

正一郎は訊いた。

最近は食欲もあるし、セックスして疲れるから、ぐっすり眠れている。吸い取られるどころか、むしろ沙織が来てから、健康になった気がするが。

「だって……その……幽霊がそういうことするのって、男の人の生気を奪うって決まっているでしょう、雪女とか牡丹灯籠とか」

あかりが、可愛らしい顔を赤らめる。

彼女が言う、「そういうこと」の中には、沙織との一週間分の生々しい求愛行為が入っているからだ。

(それにしても、あれが幽霊だってか……んなバカな……)

沙織の匂いや、きめ細やかな肌、感じるときの顔や声……。

思い出して、股間が硬くなった。

あれがこの世のものでないなら、なくてもいいくらいの器量よしだ。

なによりも足はあるわ、身体には触れるわ、他の人間にも姿は見えるわ、風呂にも入るわで、幽霊のステレオタイプとあまりに違いすぎる。

単に家出に飽きて、自分が気づかないうちに、この家を出たのではないか？

天神町の篠田沙織と名乗ったのは、たまたま似た人間を知っていたのではないか？

などといろいろ考えるうちに、ひょっこり帰ってくるのではないか、と心のどこかでずっと待っている。

しかし、今日は帰ってくるのが遅い。

よく考えれば、正一郎は沙織の携帯番号すら知らないのだと、今頃気づいた。

「じゃあ、お経を読むから。一緒に拝んで」

「はいはい。お願いします」

正一郎は、とりあえず頭を下げた。

あかりは仏壇の前に立って、なにやら妖しげなお経を読むのだが、それがまた胡散臭くて、どうにも頼りない。

ところがだ。

あかりが数珠を鳴らすと、それに合わせるように蛍光灯が瞬いたり、四方に盛り塩をした部屋が、ガタッ、ガタッと震えるので、ちょっと正一郎も不安になってきた。

「おい、この音なんだ？」

「シッ。今いいところなんだから」

……いいところってなんだ？

よくわからないが、しかしあかりのお経らしきものが終わると、その音もぴたりとやんだので、正一郎は怖気がついた。

あかりが、ようやく振り向いた。

「……いけたみたい」

「ホントかあ？」

正一郎は目を細める。しかし、あかりは成功したと思っているらしく、上機嫌である。

「でも、まだわからないわ。今日は一緒に寝よ」

「いや、どうせ部屋はひとつだぞ。まあ、向こうのキッチンのところで寝てもいいけど」

あかりが一緒でいいと言うので、正一郎は並べて布団を敷いた。

そしてコスプレの白装束を脱いで、トレーナーとハーフパンツ姿になって横になり、電気を消す。

雨音はまだ強くて、時折窓がガタガタと鳴る。

（なんだか、いやな感じだなあ……沙織さんが帰ってくれれば、すっきりするんだろうけど。いや待てよ……）

そうしたら、三人で川の字で寝ることになるんだろうか。

と、そんなことを思って寝返りを打つと、至近距離であかりと目が合った。

え、と思っていると、あかりは正一郎の布団をめくって、勝手に入ってこようとする。

「お、おい……何してる」

「だって、一緒に寝るんでしょ」

あかりは、くりっとした目で真っ直ぐに見つめてきて、あっけらかんと言う。

「一緒にって、布団も一緒ってことか」

「そうよ。だってしっかり抱いてないと、とり殺されちゃうかもしれないし」

「いや、おまえ……でも……」

と、戸惑っていると、あかりが大胆にも布団に潜ってきて、正一郎の身体にしがみついてきた。

（おおっ……）

ぴたりと身体を寄せてくるので、トレーナー越しのふくよかな乳房の、たっぷりした量感が押しつけられている。

そのくせ、とろけてしまいそうなほど華奢な肉づきで、さらには二十歳の瑞々しく華やいだ体臭がムンと布団の中にこもり、噎《む》せそうになる。

（ま、まずい……）

姪とはいえ、健康的な二十歳の女子大生である。

しかも可愛らしくてプロポーションはバツグンだ。そんな可憐な女の子に抱きつかれて、勃起しない男はいないだろう。

正一郎はふくらんで硬くなった股間をなんとか逃がそうと、掛け布団から尻が出るほど腰を引いた。

すると、掛け布団の中にいたあかりが、少し顔を出して見つめてきた。

大きな目を潤ませ、暗いながらも窓から差し込む月明かりで、目の下がねっとりと赤らんでいるのがわかる。

「……梨紗子さんが亡くなって、そんなに寂しかったの？」

「いきなりさ、なんなんだよ、おまえ」

「だって、幽霊にも手を出すって、よっぽどよ。犬猫よりはいいかもしれないけど。見境なさ過ぎ」

「アホか。おまえの勘違いだよ。沙織さんはちゃんと生きた……っ、ん！」

いきなりだ。あかりが唇を重ねてきた。

正一郎はこれ以上ないくらい、大きく目を見開いた。

(え……え……?)

戸惑っているうちにすっ、と唇が離れた。

あかりが熱っぽく、見つめてくる。

「私、叔父さんをあの世になんかいかせない」

そんなことを言いつつ、あかりは布団の中で添い寝している状態で、正一郎のジャージ越しのふくらみをなぞってきた。

「お、おい……」

戸惑うが、しかし、大胆にあかりの手で撫でさすられているうちに、イチモツがいっそう力を漲らせてきた。

(やばい、姪に触られて大きくするなんて……どうしょうもない男だ。いや、でも……なんでいきなり……)

「うう、ちょっと……ま、待てって……」

正一郎の声がかすれる。腰に電気が走るほど気持ちよくて、強く拒絶することができない。

あかりから、なんだかフルーティな甘い匂いを感じる。

大きすぎる目が、ぼうっとして、いやらしく欲情しているのがわかる。

普段は天真爛漫な子が、こんなセクシャルな表情を見せると、そのギャップに余計に昂ぶってしまう。

「いいよ、私……」

「え？」

「私、いいよ。寂しいんでしょ。私のこと、好きにしていいよ。ねえ、私のカラダ、性欲処理に使って」

「は？」

正一郎は大いに驚いて、ただただ、あかりを見つめた。

「ば、ばかなこと言うんじゃないよ。姪だぞ。ひとまわりも歳が離れているんだぞ」

「わかってるけど……だって、しょうがないじゃないの。好きなんだもん。ねえ、私って、大学でモテるっていったよね」

「え、あ、ああ……」

「おっぱい、Ｆカップになったって、自慢したでしょ？」

「ああ……」

「自分で言うのもなんだけど、なかなか可愛らしくて、いい身体してるでしょう？　そんな子が好きだって言ってるんだよ。ねえ、一度でいいの。好きにならなくてもいいから」

衝撃の告白をしながらも、あかりの手は、まだ正一郎の股間のふくらみを愛おしそうにさすっている。

好きだった？

そういえば、そんな告白を昔に何度もされたことを思い出す。

姉が若いうちに産んだ子だから、妹みたいに愛しかった。

でも、それは叔父と姪の話だ。

男としてそんな風に見ては……。

……見ていなかっただろうか？

あかりはジャージ越しの分身を撫でながら、再び顔を寄せてきた。

再び、キスされた。

「……ん……んふっ……」

角度を変えて、唇を押しつけてきながら、あかりは舌で正一郎の唇の隙間をなぞってきた。

（おっ……お……）

瑞々しい唇の柔らかさと、ちらちらと可愛らしく唇をくすぐる舌先の感触に、目眩がするほどの衝撃を覚える。

あかりはいい子だ。

それにひいき目に見ても可愛くて、清らかなきめ細かい、ピチピチとした肉づきのいい悩ましいボディをしている。

姪だということで自制はしていたが、もしそうでなかったらムラムラして襲ってしまったのではないか。

それほど魅力的な女子大生にこんな告白をされたら、もうとまらない。

おそらくこの拙い愛撫とキスの感じだと、男をあまり知らないのだろう。

自分好みに染まらせてみたい。

そんな気持ちと、子供の頃から知っている姪を、犯してしまうことの禁忌がせめぎ合っていて、どうにも複雑な気分が生じてくる。

「ンフ……叔父さん、すごく興奮してる……手の中でビクン、ビクンッ、て。……よかった」

あかりのほっそりした手が、屹立した部分をギュッと握ると、勃起の芯が痛くなるほどの高揚感が走り抜けた。

「うっ……く！」

正一郎が感じてしまって、つらそうな顔をすると、あかりの大きな瞳はイタズラっぽい輝きを放つ。

（こいつ、いつの間に、こんないやらしいことを覚えたんだ……）

と、見れば、甘えるように見つめ返してくる上目遣いが、息を呑むほど色っぽい。

子供だとばかり思っていたのに……。

「いや、だめだ……い、いかん……」

そう言いながら、無意識に両手はあかりの背中にまわってしまっていた。

背中から腰にかけてまでゆっくりと這わせて、さらには薄いハーフパンツを通じて伝わる尻のふくらみにまで、手のひらを被せてしまう。

（な、なんなんだ……ケツも意外とボリュームが……柔らかくていやらしい尻をして……）

全身が丸みを帯びてきて、女らしい身体つきだ。

（こいつ……エ、エロい身体してる……ヤ、ヤリたいっ）

想像以上の成熟さと、意外に濃厚な色香をまとったスタイルのよさに、正一郎の理性のネジがピンと飛んだ。

（梨紗子、沙織さん、すまねえ。俺はこらえ性のねえ、欲望に忠実なスケベな男なんだよ）

もう沙織が帰ってきてもいい。

そんときはそんときだ。

内なる下心を押さえ、真面目な顔であかりを見る。

「あ、あかり……俺とで、ホントにいいんだな」

すると、赤くさくらんぼのような顔で、小さく頷いた。

「俺、スケベだぞ」

「知ってる。でもいいの。好きにされたいの。あかりの身体で気持ちよくさせてあげたい」

健気なことを言いつつ、照れたのか、顔をそらす。

ショートボブヘアの前髪が乱れ、美しい額の生え際が汗で濡れている。

潤んだ双眸でぼうっと見つめながら、しかし、まだあかりはすりすりとジャージのふくらみを手で撫でさすってきていた。

正一郎は布団の中で大の字になったまま、気持ちよさに、「くっ」と声を漏らす。

「いいの？　これで……？」

あかりが不安げな顔をして、見下ろしてくる。

「あ、ああ……気持ちいいよ」

かすれる声で正一郎が伝えると、あかりはニコッと魅力的に笑い、今まで布地の上を撫でていた手を、すっとジャージとブリーフの中に滑り込ませてきた。

「おおうっ……くっ……」

直にあかりに分身を触られて、正一郎は思わず腰を浮かせた。

勃起がブリーフの中で上を向いている。

小さな手のひらが、肉竿の裏側に被さり、ゆるゆるとこすってくる。

「ううっ……」

敏感な裏筋やカリ首を指でくすぐられ、正一郎は首が引き攣りそうなほど大きくのけぞった。

その拍子にあかりのトレーナーの襟首から、ノーブラの揺れるおっぱいが乳首まで覗けた。

（おお……ノーブラか。さっき風呂に入ったときに外したんだな……た、たまらん）

透き通るような乳肉の白さと、鮮やかに赤く色づく乳首のコントラストがなんともいやらしすぎる。

「いやんっ。ビクビクしてる」

あかりが困ったように眉根を寄せて見つめてくる。

しかし、いやだと言うわりにはこすっている手に熱がこもり、息づかいが荒くなってきている。

布団を被っているのが熱くなってきて、手で剝いだ。

あかりは正一郎に抱きつきながら、もどかしそうに腰をくねらせて、自分の股間を押しつけてこすりつけてくる。

（ああ、あのあかりが、可愛らしい少女だったあかりが、こんな淫らなことをしてくるなんて……）

異様な興奮が、正一郎を押し包んでいた。

ヒップを撫でていた手を、すっと前に持っていく。

「あっ……」

可愛い姪の口から女の声が漏れて、ピクッと小さく震えた。

ハーフパンツの上からいよいよ、あかりの女の部分に触れる。

「くっ……」

と、あかりが低く、くぐもった声を漏らして全身をビクッとさせる。

「び、敏感なんだな……おまえ……」

言うと、あかりは違うとばかりに、ふるふると顔を横に振り立てた。

薄桃色に染まった目元が、いよいよ、ぽうっと潤んできている。

(可愛いな……)

いけないことだとわかっている。

だが、異様な後ろめたさに興奮がやまない。

正一郎は息を荒らげながら、両手であかりのハーフパンツの紐を解いて、するするると下ろしていく。

「あんっ……いやっ」

あかりは恥ずかしいとばかりに、ハーフパンツを脱がされまいと押さえつける。

だが、二十歳の女子大生の抵抗などたいしたことはない。

するすると足下まで脱がしていくと、ラベンダー色の花模様のパンティがあらわになる。

スレンダーであっても、バストがそうであったように、太ももからヒップへのラインは女らしく充実している。

ピチピチに張った太ももの肉づきのよさも、充分に女らしい。

「いやっ……」

上に乗ったあかりは、トレーナーの裾でパンティを隠そうとするも、正一郎はその手を撥ね除けて、パンティの上端から手を侵入させ、絹糸のように柔らかい繊毛の奥の息づく女の園に指で触れた。

「あんっ！　だめっ、だめっ」

と、あかりは、なぜかいきなり猛烈に腰をよじり立ててくる。

なぜ抵抗したかはすぐにわかった。

（う、嘘だろ……）

正一郎は軽く狼狽えた。

あかりのワレ目はすでに驚くほど濡れていて、ぬるっ、ぬるっ、とした粘着液が指先にからみついてきたからだ。

（こ、こんなに濡らして……あかりが……）

頭が沸騰してしまうのではないかと思うほど、正一郎は昂ぶった。

指でいじくれば、ねちっ、ねちっ、という音が聞こえてきて、

「いや、いや……ああんっ」

あかりはその音を恥じらい、顔をそむけるものの、気持ちがいいのか腰をくねらせて、ワレ目をいじる指を受け入れてくる。

さらに指を奥に入れると、陰唇はねっとりと広がっていき、しとどに新鮮な愛液をますますあふれさせていく。

「んんっ……んんんっ……」

あかりはビクッ、ビクッと痙攣して、だいぶ昂ぶってきているのか、ブリーフの中に入れた手で、再び肉竿を優しくシゴきはじめてくる。

「ねえ、ちゃんと私にさせて」

姪っ子はそう言うと、正一郎を仰向けに寝かせ、ジャージの下とブリーフに手をかけて引き下ろした。

勃起がジャージに引っかかりながら剝き下ろされる。正一郎はわずかに腰を浮かせて、脱がしやすくしてやる。

転げ出た肉柱が、あかりの目の前でビィンと勢いよく跳ねあがった。

「やだ……すごい……」

寝そべりながら上体を浮かせて見れば、あかりは頬を引き攣らせつつも、そそり勃つ肉棒を見つめている。

怖がっているのではない。

あれは貫かれたときのことを想像して、欲しがっている顔だと思った。

あかりは男を知っている。

ちょっとがっかりするも、初めての相手にならなくて、ほっとした。

「怖くないのか？」

正一郎は正直に訊いた。

あかりは少し表情を緩ませて、慈愛に満ちた微笑みを見せる。

「怖くないよ。だって叔父さんのだもん。私を想って、こんなに大きくしてくれているんでしょう？」

「ああ、そうだ。俺は、子供の頃から知っているあかりに欲情してる。白状すると、最近のおまえの成長ぶりを見て、いやらしい気持ちになってたよ。ひとまわりも下の、二十歳の女子大生にだ」

言うと、あかりは大の字に寝そべる正一郎の股の間に座った。

ニコッとしながら、おずおずと手を伸ばして屹立を柔らかく握りしめる。

「……くっ」

正一郎が顔をしかめると、あかりは「あはっ」と、いつもの無邪気な笑みで正一郎を見る。

「エヘヘ……いやらしい目で見てたの知ってるよ。すごいドキドキしてた。お店を手伝っているときに、ふたりきりになって、もしかしたら襲われたりしないかなって。縛られたり、無理矢理にいやらしい写真を撮られたり……」

「……しねえよ。というか、おまえ……なんかへんな雑誌とか、読んでないだろうな」

呆れつつも、もしかしてそういう願望があるのか？　などと想像すると下腹部がまた突っ張った。

今の子は女性用のＡＶや漫画とかあるから、結構スケベだと聞いたことあるが、あかりもまさかそうだとは思わなかった。

「やだ。今、ビクンとした。私のこと、襲いたいの……？」

「……襲うかよ」

「ねえねえ、私で抜いたことある？」

あかりは目を輝かせて、肉柱の根元をゆっくりとシゴきながら、興味津々という感じで聞いてくる。

「う、くっ……そ、それは……」

本当はあかりで抜きそうになったこともある。だが、家族みたいな身内で抜くことに……性の対象にすることに、罪の意識が消えなかった。

「ないんだ。いやらしい目で見てたのに？」

あかりは執拗だった。シコシコする手に熱がこもってくる。

正一郎は「うっ、うっ」と、情けなく悶えてしまう。

「な、ないけど、しそうになったことはある」

正直に言った。

あかりは目を輝かせる。

さっきまでの幽霊騒ぎはどこいったんだという、淫靡で濃厚な雰囲気が増していく。

「私、エッチな対象にされていたのね。じゃあ、私にこんなことしてもらえるのは嬉しい？」

屹立をシゴく手の動きが、さらに激しくなる。

小さくほっそりした手によって、とろけるような愉悦が、ひとこすりごとに、甘くこみあがる。

「くうう……ま、まあ、嬉しいよ……だから」

やめないでくれ、と言いそうになって、言葉を呑み込んだ。

「だから？」

あかりの右手が愛おしそうに、カリ首までをさすってくる。

尿道口から、透明なガマン汁が噴きこぼれて、肉竿がぬらついてくるが、あかりはそのオツユが手にかかるのもかまわず、潤滑油のように引き伸ばして、ねちゃ、ねちゃ、と音を立ててシゴいてくる。

「くううう……だから、やめないでくれ」

「いいよ、出させてあげる」

あかりが上体を起こして、恥じらいつつ、はにかんだ。

4

あかりは正一郎の上で馬乗りになると、ぶかぶかのトレーナーの裾をつかんで、めくりあげながら頭から抜き取った。

ぶるんっ、とこぼれ出た、たわわなふくらみに、正一郎は目を奪われる。

(な、で、でかい……いや、でかいだけじゃなくて、こんなにキレイなのかよ)

ふたつのバストは、お椀を伏せた形に美しく実っていた。

大きめの乳輪の上に、まばゆいほどのピンクの乳首が乗っている。

沙織や、亡くなった梨紗子の方が大きさだけでいえば、おそらく大きい。

しかし、あかりは線が細くて華奢だから、おっぱいだけが強調されて、同じくらい大きく見える。

あばら骨が浮きそうなほどの厚みのないボディなのに、おっぱいだけがふくらんでいる。それでいて、アイドルみたいな可愛らしい童顔なのである。

「いやっ、あんまり見ないでよ」

あかりが両手をクロスさせて、胸を隠した。

「す、すごいな……服の上からでもデカいと思ってたけど……」

「でも、これ、ジロジロ見られるからちょっと嫌なんだけど。同級生の男の子たちに、こっそり撮られちゃうし」

「い、いやそれは……まあ」

そりゃそうだろう。自分も同じ大学にこんな子がいたら、撮影はしないまでもガン見して、友達たちとすげえなあ、とか話すに違いない。

(ど、どんな触り心地なんだろう……)

正一郎は唾を呑み込み、手を伸ばそうとする。

だが、あかりはすり抜けるように、ずりずりと身体を下げていく。

そうして正一郎の開いた脚の間に身体を滑り込ませると、いきり勃ちをつかんで顔を寄せていく。

次の瞬間、

「くっ……!」

正一郎はあまりの鮮烈な刺激に天を仰ぎ、ぶるっ、と大きく震えた。

あかりの赤い舌がカリ首のくぼんだ部分に当たり、くすぐったさと快感が一気に襲ってきたのだ。

「この、くぼんだところが気持ちいいの?」

「あ、ああ……電気が走った」

まさか、子供の頃から見てきた姪と、こんな会話をする日が来るとは思わなかった。

もう完全に付き合っている男と女である。

「ねえ、もっと気持ちよくなって……」

開いた脚の間で、あかりは四つん這いになって勃起をつかみ、ソフトクリームの先端を舐めるように、尿道口をねろねろと刺激してきた。

「ああ……」

力を入れなくても、イチモツがビクビクと脈動してしまう。峻烈な刺激に目の奥がちかちかする。

股の間にいるあかりが、潤んだ目で見つめてくる。

「下手くそだけど、頑張るから……いっぱい出して」

長い睫毛を瞬かせながら、あかりは右手でシゴき、カリ首に沿って舌を這わせていく。

言われた通りの、気持ちよいところをくすぐってくる。

「んん……」

ジンとした痺れにも似た快感が一気に腰から全身に広がっていく。

くすぐったさに似たムズムズが、ペニスを熱くさせていく。

たまらなくなって正一郎はハアハアと喘ぎをこぼし、シーツをギュッとつかんでいた。

（あのあかりが、俺のチ×チンを舐めてくれている）

そう思うだけで、頭の中がおかしくなりそうなほど、カアッとなる。

「よかった……叔父さん、気持ちよさそう。もっとしてあげるね」

姪っ子の女子大生は、またイタズラっぽい笑みを漏らして、顔を亀頭に被せていく。

「おお……うっ……ッ」

正一郎は歯を食いしばった。

温かな潤みにじんわりとペニスが包まれ、ぷっくりした唇で亀頭部を咥え込まれている。

あかりはゆったりと顔を振りながら、

「んっ、んっ」

鼻から甘い息を漏らし、唇を滑らせてくる。

姪のあったかい口の中で、硬くなった陰部がとろけていくようだ。

「くうう……あ、あかり……」

思わず、上体を起こして姪の名を呼んだ。

あかりは恥ずかしいのか、目を伏せて口元を握った手で隠しているが、正一郎が名を呼ぶと、咥えたまま上目遣いに見つめてきて、ウフフと微笑んだ。

「俺のを咥えているところ、見せてくれないか」

正一郎が意地悪く言うと、あかりはとたんに困ったように眉をひそめて、バラ色に染まった顔をふるふると横に振る。

「好きにしていいって、言ったぞ」

強い口調で言うと、あかりは「もう」という顔をして、口元を隠していた手を外した。

(おお……)

桜色に染まった可愛らしい頬がへこんで、大きく咥えるために鼻の下が伸びきっている。

「いやらしいな……いいぞ、じゃあ咥えながら、舌でぺろぺろして、吸ってくれ」

「んむぅ?」

困ったような顔をしつつも、あかりは頬張りながら、ゆったりと舌を竿にからませてくる。

「おおう……」

舌で押されながら、敏感な鈴口を吸引されて、腰が引き攣るほどの快楽が走り抜ける。

「んん……んん……」

舐めながら、興奮してきたのか。

あかりの唇の動かし方が大胆になってくる。

ぷにっ、とした二十歳のみずみずしい唇が、表面を甘く締めつつ滑っていくのである。

息苦しいのか、甘い息が何度も陰毛にかかり、ふうふうと少し休んでから、また舐めしゃぶる。

（た、たまらん……いたいけな女子大生を、自分好みにしてる）

視線を感じたのか、あかりが咥えたまま、また見あげてきた。

その顔が「どう？」と訊いてきていた。

愛らしい美貌は汗できらめき、目の下から頬にかけてはねっとりしたピンク色に染まっている。

（四つん這いになって、しゃぶりながら……興奮してきたな……）

見れば、可愛らしいパンティを穿いた尻が、もじもじと、じれったそうに揺れている。

しかもだ。

先ほどからおっぱいが揺れているのだが、下を向いていても垂れることなく、柔らかそうな丸みを誇示しているのが、たまらない。

正一郎は、わずかに上体を浮かせて起きあがり、右手を乳房におそるおそる伸ばして軽く握った。

「ん……ッ」

あかりがぴくっと震えて、困ったような顔を見せてきた。

「続けて。咥えたままだぞ」

命令すると、もう従順そのものになったあかりは、頬張ったまま目を伏せて、小さく頷く。

（くうう、可愛いな……）

正一郎は、あかりの下垂したおっぱいを、力を入れて揉み込んだ。

「んん……」

あかりがくぐもった声をあげて、身をよじる。

だけど言いつけ通りに、分身は口に含んだままだ。

正一郎は、やわやわと乳搾りするような感じで、下から手を差し伸べてあかりの乳房の弾力を楽しんだ。ぷるんとした手触りと重みを味わうと、興奮が増して鼻息が荒くなる。

「んふっ……んんっ……」

あかりが見つめてきた。眉を八の字にして、切なそうな顔をしている。

正一郎はその顔を見て、もっといじめたくなった。

乳肉を好き勝手に揉みまくり、硬くなってきた乳頭をキュッと指先で捏ねるようにつまむ。

「んっ……！」

あかりはピクッと震えて、咥えながら少し噎せた。

それでも前後に顔を打ち振り、しなやかな指を加えて、根元と亀頭部を同時にこすってくる。

「おおっ……いい……いいぞ」

灼きつくような射精感が、迫ってくるのを感じる。

パンティ一枚という格好の女子大生が一気に深く咥え込んできた。

女の匂いは次第に濃くなって、正一郎の鼻腔を満たしていく。

見ればあかりの様子が差し迫ったものに変わってきていた。

こちらを見上げる目が女の欲望を湛えて、ぼうっと霞がかかったようだった。

あかりの色っぽさを意識してしまうと、たちまち勃起がふくらみ、一気に射精欲が押し寄せてくる。

「……くっ、だ、ダメだ。出そうだ」

思わず訴えると、あかりはちゅるっと勃起を口から外し、

「いいよ、叔父さん。私のオクチにいっぱい出して」

正一郎は驚いた。

「お、おまえ……だってそのままじゃ……」

「うん……呑んだことない。だけどいいよ、叔父さんのだったら呑んであげる」

そう言って、また頬張ってきた。

「ん、んん……んん」

しごき立てるように、ぷっくりした唇が激しく滑る。

「く、くううう……！」

猛烈な射精欲に足先までが震える。

あかりへの想いは強い。

しかしだ。

自分の姪に、姉の娘に精液を呑ませるなんて、そんなこと……。

だめだと思っているのに、しかし自分から腰を押しつけていた。

あかりの口に欲望を注ぐ……いけないことだとわかっているのに、もうとまらなかった。

「あ、で、出るッ……だ、出すぞ」

正一郎の足先が震え、仰向けに寝そべったまま身体が伸びあがった。

次の瞬間、ふわっとした放出感が全身を貫いた。

あかりが口中のペニスの変化をとらえたのか、

「んう……！」

眉をつらそうにたわめて、身悶えしながらも勃起を口から離さなかった。

「くぅ、うう……おおっ」

脳がぐずぐずになって、身体がとろけていくような快感に、腰が勝手に震えてしまう。

「んん……！」

あかりが大きく目を見開いた。

あの青臭くどろっとした精液が、分身の先からほとばしって、あかりの喉に注がれていっているはずだ。

「んんっ……んん……」

あかりが、ギュッと目をつむる。

コクン、コクンと細い喉が動いているのが見えた。

(の、呑んだ……俺の精液を……)

吐き出すとばかり思っていたのに……。

子供の頃から知っている、自分を慕う姪に、新鮮な精液を直接飲ませたという背徳感はすさまじく、見ているだけで背中がぞくぞくしてしまう。

「う……くぅぅ」

すべてを出したという感触があった。

あかりは、ずるっと口から男根を抜き、つらそうなしかめ面で、こちらを見つめてきた。

「うう……にがあい……でも、すごいいっぱい出たよね。気持ちよかった?」

あかりが言う。

生臭さが、あかりの口からにわかにただよう。

「気持ちよかったけど……だけど……平気か」

「うん。美味しくなかったけど……でも、叔父さんのが、私の中にあるって、なんか嬉しい……」

あかりがパンティ一枚の姿で、にこっと笑う。

「まさか、おまえと……こんなことするなんてな」

「……後悔した？」

「いや……」

罪を感じないといえば嘘になる。それでも、あかりが嬉しいと言ってくれるならば、これが最適解だと思おう。

「よかった」

あかりが安堵したような表情をして、また身を寄せてくる。

若い女の肌と、押しつぶされている乳房の柔らかい心地よさを感じる。あかりが顔を近づけて、見つめてくる。

「ずっと、こうしたかった……」

「なあ、どうして俺なんだ。何の取り柄もない男だぞ。格好よくもないし」

「格好いいよ。だって……覚えてない？　私が子供の頃に、親戚の人たちからいじめられたの……」

「うん？」

少し考えて、すぐに思い出した。

「私が、見える、っていうもんだから、すごく気味悪がって……ママとふたりで並ばされて、もう二度と言うなって……でも、それを叔父さんが『見えるもんはしょうがないんじゃない？』って、かばってくれて……」

「ああ、そういえばそんなことも、あったな」

「それから、私、ずっと叔父さんのことが好きで……ホントはお嫁さんになってもいいなって、でも姪と叔父の関係だし、結婚しちゃうし……」

そこまで言って、じっと潤んだ瞳で正一郎を見た。

「ねえ。やっぱり、ひとつになりたい……叔父さんと……」

（え……？）

あっ、と思ったときには右手を取られ、あかりの太もものあわいに導かれていた。

正一郎の指が触れた場所は、パンティのクロッチ部だ。

そこはぬるぬると蜜を吸い、布地がぐっしょりと湿って、生々しい匂いを醸し出していた。

ハッとしてあかりを見た。

もう顔は真っ赤だが、目はぼうっととろけてしまっている。

「……こんなになってるの……だから……」

「今、出したばかりだから、すぐにはできないぞ」

「……いい。だめなら、指だけでもいいから、入れて欲しい。欲しいの」

正一郎の脳はカアッと灼けた。

可愛い。可愛すぎる。

「あかり……」

正一郎は震える右手をパンティに密着させ、媚肉に沿って濡れたクロッチの上から、濡れ溝を前後にこすりつける。

「あっ……」

大きく背をそらしたあかりは、身体をビクンと震わせる。

眉をハの字にさせて、震えながら不安そうに見つめてきた。「どうしたらいいの？」という表情だった。

清楚なあかりのそのいたいけな表情に、正一郎は出したばかりだというのに、早くも欲情してきて、股間をムズムズさせてしまうのだった。

第四章　奥様は魔性

1

「ハア……ハア……ああんっ」

あかりはぐっしょり濡れたシミつきパンティの上から、浮き立つワレ目に沿って指でこすられると、しっとりとした女の声を漏らしはじめた。

（こ、こんなに濡らして……）

二十歳の可愛い姪の見せたことのない表情に、正一郎は戸惑うと同時に、激しく欲情した。

「あ、あかりっ……」

正一郎はあかりを布団に仰向けに寝かせると、覆い被さり、夢中になってパンティ越しのそのスリットに沿い、指でツゥーッと静かに押さえ込んだ。

「ンッ！　あっ……あっ……だめっ」

あかりが眉を寄せて身をよじる。

見ていると、感じてしまう自分を恥じて、困惑しているようだった。

このへんがまだ経験の少なさなんだろうと思う。

しかしだ。

正一郎がねちっこく、布地に浮き立つ魅惑の窪みを、人差し指と中指を使って撫でていくと、

「あああっ……うぅぅ……んんっ……」

と、苦悶の表情のままに肢体をのけぞらせて、ハアハアと熱い喘ぎをこぼしはじめる。

（いやらしいな……おっ……）

上下に指でこすっていると、布越しにぐにゅりと肉の柔らかさを感じた。

撫でるごとに布地が亀裂に沈みこんでいき、パンティの濡れジミがさらに広がっていく。

もっと撫でれば、

「あっ……あっ……」

と、あかりは薄桃色に染まった目元を妖しく潤ませて、かすかな喘ぎを漏らして、いよいよ物欲しそうに腰をくねらせてくる。

苦しげに寄せていた眉間のシワが、快美の深さを見せつけてくる。

長い睫毛を瞬かせ、上品な唇を半開きに開けた二十歳の女子大生の苦悶の表情は、一度射精したばかりの男性器を、すぐにも甦らせるほどにエロティックだった。

可愛らしい姪が、今はもう感じきってしまっていて、なにかにすがるような目を見せてくる。

もうだめだった。

自分を抑えることができなかった。

ラベンダー色のパンティは、クロッチが蜜を吸ってその部分だけが色濃いシミをつくっている。

仰向けのあかりの腰部に手をかけて、そのパンティを引き剝がす。

クロッチの二重布と小ぶりのワレ目に透明な愛液の糸がツゥーッ、と引き伸ばされて繋がった。

凄まじい濡れっぷりに、正一郎は目を見張る。

(あかりには見えてないな……こんなの見られたと知ったら、恥ずかしがってやめちゃうからな……し、しかし、すごいな、この濡れ方……それにこのキレイな身体つき……)

湿ったパンティを爪先から抜き取って、一糸まとわぬ姿で横たわるあかりを見つめる。

小柄だが、手足は細くてすらりとしている。

仰向けでも、プリンのように崩れない若々しい美乳、ほっそりしたウエストからヒップにかけての充実したボリューム……。

股間を覆う恥毛は少なめで、亀裂も小ぶりだから、イケナイことをしている背徳感がさらに強い。

そして。

可愛らしい顔が、今は切なそうに正一郎を見つめている。

アレが欲しいとばかりに、全身から妖しげな雰囲気が漂っている。

少女と成熟した大人の女性が同居しているような、魅力的な肉体だった。

正一郎も上を脱ぎ、全裸になった。

ふたりとも素っ裸で何も身につけていない、生まれたままの姿だ。

「あかり……」

正一郎も見つめ返す。

あかりが目を細めた。淫靡な視線と視線がからまり、とろけ合っていく。

たまらなくなって、正一郎はあかりを抱きしめた。

「……ぅんんっ……んふ……」

どちらからでもなく、引かれ合うように唇を重ねた。

あかりの両手が、首の後ろにまわされる。

正一郎も同じように両手をあかりの背中に滑り込ませ、華奢な肢体をギュッと抱きしめた。

(気持ちいい……。折れそうなほど小さいし、いい匂いがするし……)

とろけるような肌触りと、押しつけられるおっぱいのボリュームに陶然としながらも、肌と肌をこすり合わせて、唇の角度を変えながら深いキスをする。

姪の唇を奪ったことに、わずかながら罪の意識があった。

しかし、唇を重ねてすぐにあかりが、

「んん……んっ……」

と、鼻奥からくぐもった声を漏らしながら、激しく呼応してくるから、ためらいは消えてますます昂ぶり、夢中でキスを浴びせていく。

二十歳の甘い呼気と、ぷるんとした唇の感触がたまらなかった。

興奮しきって、唇のあわいにするりと舌先を忍び込ませれば、あかりも舌を積極的にからめてきて、ねちゃ、ねちゃ、と唾液の音をさせたディープキスに変わっていく。

「うんんっ……うぅん……」

あかりもさらに昂ぶってきたのだろう。

キスをしながらのくぐもった鼻声が、色っぽく悩ましいものに変わっていく。

唾液まみれの舌をもつれさせつつ、正一郎は、じゅるる……と音を立てて、あかりの甘い唾をすすり呑んだ。

「んぅ……」

あかりが湿った声をあげ、身体をわずかに強張らせる。

唾を呑まれたのが、恥ずかしかったのだろう。

それでもあかりも舌を動かしてきて、正一郎の口内を、ぬるっ、ぬるっと舐めてくる。

小さな口と小さな舌が、ちろちろと動いてきて、合わせて温かい呼気が流れてくる。

目を開ければ、あかりは眉間にシワを寄せた色っぽい表情で、

「ん……ん……」

と、悶えながらも正一郎の口を吸っている。

（ああ……あかりとこんなエッチなキスを……）

激しく勃起した。

それを伝えようと、激しいキスでからみつきながら、股間の昂ぶりをあかりの下腹にぐいぐいと押しつける。

「んんんっ……んんっ……はっ……ああんっ」

キスをほどいたあかりが、上目遣いに見つめてくる。

愛おしかった。

すべてが欲しくなった。

背中にまわした手を下に持っていき、ぷりんとした尻の丸みを、じっくりと撫でさすりまくった。

「あっ、やんっ!」

尻割れに手をやると、あかりが羞恥に声を荒らげた。

じっと目を見てニヤリ笑いつつ、思い切りいやらしく、その悩殺的な丸みをギュッ、ギュッと揉んだ。

「あんっ……おじさんの触り方だわ。いやらしい、いやっ……あんっ……あっ……あっ……」

最初は非難していたあかりだったが、深い尻割れやら、つるんとした尻肉を揉みしだかれていると気分が出てきたのだろう。目を細めて、小さな吐息を吐き続けるまでになる。

あかりの双尻も、いつしかじっとりと生汗をにじませ、しっとりとした撫で心地に変わっていく。

(二十歳の大学生のくせに、いやらしい尻をして……)

張りのあるいい尻だった。

指でぎゅっとつかめば、ぶわんと指を押し返してくるし、なにより意外とボリュームがある。

「あんッ……ううんっ」

あかりが身悶えた。

尻を触られて、これだけ反応してくる子はなかなかいない。

(意外と、セックスが好きなのかな……)

普段は天真爛漫で明るくて、サバサバしているから、なんとなく性的には淡泊なのかなと思っていた。

だが身体つきが異様にいやらしいだけでなく、この子はセックスも情熱的な気がする。

(仕込みがいがあるな……)

可愛い姪に対して、不埒なことを考えていると自覚するのだが、どうにもこの素晴らしい肉体を前にしては、いろいろなことをしてみたくなる。

今度は、量感あふれるおっぱいを見た。

乳輪の位置は高く、小さな乳首がツンと上向いていて、ため息が出るほどの美乳だった。

静脈が透けて見えるほど乳肉は白く、頂の突起がピンク色で清らかだ。

手のひらで包めないほどの、大きく実ったたわわな乳房に、太い指を食い込ませると、柔らかなしなりと強い弾力で指を押し返してくる。

さらに荒々しく揉めば、

「んんっ……あっ……あっ……」

あかりが感じ入った声を漏らし、顎をせりあげる。

(巨乳は感じにくいと聞いたことあるけど、梨紗子も沙織も感度はバツグンによかったよな……)

感じてくれているなら嬉しいと、なおも正面からむぎゅ、むぎゅと、豊かな柔らかい乳房に指を沈み込ませていく。

「あっ……あっ……」

あかりの半開きの口から淡い吐息が漏れ、小動物のように可愛らしい目が、もっと触って欲しいと訴えている。

感じているんだな……。

すがるような目を向けてくるあかりを見据えながら、正一郎はじっとりと汗ばんだ乳肉に顔を近づけて、そのピンクの乳首をチュゥゥと吸いあげた。

「ああんっ……」

あかりが甘ったるい、鼻にかかったヨガリ声を漏らし、背を大きく浮かせる。

今までにない反応だと、あかりの顔を見る。

眉根をキツく寄せ、こちらを見て、いやいやする。

感じてしまって困惑している。そんな初々しい反応に、ますます正一郎は欲望を募らせる。

2

唾液でつやめいた乳首を指でキュッとつまみあげると、

「あっ……あぁっ……ああん……」

と、あかりはいっそう喘ぎを艶めかしいものに替えていき、じれったそうに腰をもじつかせはじめている。

「ねえ……ねえ……叔父さん……」

あかりが潤んだ瞳で見あげてくる。

ショートボブヘアの似合う丸顔は、今にもとろけそうにハアハアと喘いでいて、色香がムンと濃くなっている。

「気持ちいいのか？」

訊くと、あかりは赤らんだ顔で、黙ってこくんと頷く。

その様子が愛おしかった。

ギュッと抱きしめ、手のひらであかりのしなやかな背や、腰や生のヒップを撫でまわした。

華奢で小柄なのに、身体つきは女らしい柔らかな丸みにあふれている。素肌は二十歳の若さを誇示してすべすべで、こすり合わせているだけで、うっとりとしてしまう。

「キレイだ……」

そう言いながら、仰向けになったあかりの耳の下から鎖骨、乳房や腋の下へと舌を這わせていく。

「あっ……ああんッ……」

あかりは気持ちよさそうに顎をせりあげ、いっそう切なそうに腰を揺らす。

汗ばんだ肌からは、ムンとした甘い女の匂いが立ちこめる。

むせるような肌の匂いで鼻孔を満たしながら、そのまま真下へと舌を滑らせて、うっすらと薄い茂みに唇を寄せていく。

「あっ……だめっ」

女の部分に顔が近づいていくのが恥ずかしいのか、あかりは身をくねらせて、太ももを閉じ合わせる。

それを手でこじあけて、しなやかな片方の足をぐいっと持ちあげる。

小さめだが、ぷっくりした陰唇は大量の蜜を噴きこぼして、ワレ目をぬらぬらと妖しく輝かせている。色濃くピンクに染まった花唇からは赤い果肉がのぞき、蜂蜜をまぶしたように妖しくぬかるんで、男を誘っていた。

「ああ、こんなに濡らして」

言うと、あかりは涙目ではいやいやと首を振る。

「違う……違うもん……」

「いいんだよ。へんだと思わないから。濡らしてくれて嬉しいんだ」

言いながら、あかりの片方の足を背に乗せて、肉の合わせ目に顔を近づける。

濃密な磯の香りを嗅ぎつつ、下からワレ目をぬるっと舐めあげると、

「あっ……！」

あかりはビクンッと震え、カアッと顔を赤らめて横を向く。

にじみ出てくる愛液が、かなりしょっぱい。

しかし、欲情する味だ。もっと奥まで舐めると、

「ああ……そ、そんなとこ……」

と、あかりは恥じらい、いやいやする。

女子大生の甘酸っぱい体臭に満ちた花唇の味覚は、しょっぱくも若い女のエキスにあふれている。

舐めれば舐めるほど、そのエキスは濃密さを増して、正一郎の舌のつけ根がぴりりとした刺激に染まっていく。

さらにねろり、ねろりと瑞々しい粘膜を舐めれば、膣奥からは透明な蜜に加え、粘性の強い白い分泌液までも見えてくる。

(もっとだ。もっと感じさせたい)

正一郎はあかりの両脚を持ちあげ、大きく開かせ、恥ずかしい開脚の格好をとらせる。そして太ももを押さえながら、M字開脚したあかりの膣に指を入れた。

「あぅぅ!」

いきなりの指の挿入を受けて、あかりが大きくのけぞった。

だが膣内の媚肉は待ちかねたように指先を包み込み、粘膜がねっとりとまとわりついてくる。

甘蜜がからみついて、とろけきった媚肉がヒクヒクと蠢動した。

正一郎は根元まで深々と指を入れて、奥をかき混ぜてやる。

「ぁああ……！　だめっ……あっ、あっ……」

相当に感じるのだろう。あかりはぶるぶると震えながら、白い喉を突き出すほどに顔を跳ねあげた。

これがいいのかと、正一郎は左手で開いた脚をしっかりと押さえつけながら、指を出し入れする。すると、

「う、うう……ああっ、あああぁ……」

と腰を浮かせて、左右の太ももが小刻みに痙攣を起こす。

もっと感じて欲しいと指を二本に増やし、ぐちゅぐちゅと激しく出し入れさせながら、同時に上方の肉芽を頬張り、チュッと吸い立てる。

「だ、だめっ……それだめっ……ああっ、ああっ……」

あかりがシーツを握りしめ、腰をもじつかせる。

顔をあげて見れば、あかりは眉間に悩ましい縦ジワを刻み、懸命に歯を食いしばっているものの、膣内に差し入れた二本の指を微妙に締めあげてくるのが、猥りがわしい。

あかりの全身がいよいよ脂汗でヌルヌルに濡れ光ってきている。自分も汗まみれだった。

もうガマンできない。

本能が理性を凌駕しようとしている。

そこまではしないと思っていた。

それだけはできないと心に決めていたのだが……。

「あ、あかり……」

指を抜いて、真っ直ぐに見る。

あかりも見つめてくる。

「……お願い」

あかりも欲している。

あかりのため、などという言い訳はしない。

自分がただ、可愛い姪とひとつになりたかった。

(姉さん、ごめん……俺、あかりを……)

後ろめたさを感じつつも、正一郎は脚を広げさせて、姪の濡れたとば口にぬらつく切っ先を近づける。

あかりは恥ずかしそうに顔をそむけている。しかし、目の下は、ねっとり薄桃色に染まっていて、男に貫かれることを期待している。

(たまらない……色っぽい……)

膝をつき、いきり勃ちを右手でつかみ、ググッと膣孔に挿入すると、

「ああ……ッ」

あかりが顎を跳ねあげて、大きく背をしならせる。

つらそうにギュッと目を閉じて、眉間にシワを寄せた苦悶の表情で、ハアッ、ハアッと喘いでいる。

「ああ……あかり……入ったぞ」

正一郎はあかりの顔を見ながら言う。

あかりは震えながら、こくんと小さく頷く。

良心が咎めたが、可愛い姪を自分のものにしたという悦びの方が大きい。

(し、しかし……狭いな……)

ペニスを突き立てた正一郎も、歯を食いしばらなければならなかった。

蜜壺自体が小ぶりなのに加えて、膣襞がびっくりしたように収縮して、ギュッと締めつけてくるのだから、なかなか奥まで入らない。

(しかし、この中……き、気持ちいいな……)

狭いがしかし、ピチピチした二十歳の肉の味わいが素晴らしすぎた。

まだ経験が少ないのだろう、媚肉のこわばりもあって、それがまた強い刺激をもたらしてくる。

濡れ方も尋常ではなかった。

だから、狭くとも肉竿は出し入れできそうだ。

そっと腰を押し込んでみると、

「う、くぅぅぅ！」

あかりはつらそうな声をあげて、腰をくねらせた。

鈴口の先にこつんと当たる部分があり、さらに深く腰を埋めていくと、ねちゅっ、という愛液の迸る音がするのだが、

「うぅんっ……ああっ、ああっ、ああっ……ああん、い、いやっ！」

と、あかりがまだ苦しげな表情を和らげない。

「い、痛いか？」

上から訊けば、あかりはつむっていた目をうっすら開け、何も言わずに顔を横に振った。

（ホントは、痛いんじゃないか？）

健気な子だから、隠しているのだろう。

それならばと緊張をほどいてやりたくて、目の前で揺れる乳房を口でとらえ、その先端を舌でねろねろと舐めあげる。

「ああっ、ああっ、あああああっ……」

あかりは再びギュッと目を閉じた。

だが、その表情には、先ほどの痛そうな素振りはなく、女が感じたときにする泣きそうな表情を見せている。

（ああ、感じている……俺のチ×チンを、感じているんだな……）

少し入れたままじっとしていると、あかりが、ゆっくりと瞼を開けて、ぼうっとした目で見つめてきた。

「叔父さんのが入ってる。嬉しい。おなかん中、じわあってあったかい。ねえ、ギュッとして」

正一郎は汗ばむあかりの裸体をギュッと抱きしめながら、唇を突き出した。

あかりが応えて口づけをする。

すぐに舌と舌がもつれ合い、ねちねちと淫靡なキスになる。

（腰が動いてきている……）

間違いない。

抱きしめてキスしながら、あかりが腰を押しつけてきている。

正一郎もその動きに呼応するように、腰をゆっくりと前後に打ち振った。切っ先があかりのとろけきった肉襞をこすりあげていく。

「ンンンッ……」

キスしたまま、あかりがくぐもった悲鳴を漏らして、さらに強くしがみついてくる。

同時にイチモツがギュッ、ギュッと食いしめられて、たまらぬ歓喜に正一郎はキスをほどいて、くううっ、と唸った。

「おおお……き、気持ちいいぞ……」

「ホント?」

あかりが下から嬉しそうな顔をする。もう痛がる素振りは微塵もない。

いよいよ腰を使った。

ぐちゅ、ぐちゅ、という果肉のつぶれるような音と、パンパンッと肉の打擲《ちようちやく》音が響きわたる。

「あんっ……あんっ……」

あかりの口から、ついに甘い声が漏れる。

ショートヘアの前髪が揺れて、美しい額の生え際が汗で濡れてるのが見える。薄桃色の目元がしっとり潤んで、凄艶な表情を見せつけてくる。生々しい発情の匂いがプンと濃くなってくる。

「あんっ……き、気持ちいいっ、気持ちいいよぉ」

あかりは首に筋ができるほどのけぞり、たわわに揺れはずむ胸をせり出してくる。赤く屹立した乳首と、首元の白さのコントラストがなんともエロい。

正一郎は背中を丸め、誘ってくるような赤い乳首に吸いつきつつ、さらにストロークを強くする。

「ああんっ、ああっ……ああっ……ああんっ」

するとあかりが、今にも泣きそうな顔で、正一郎を見つめてくる。

可愛い、たまらない。

胸から顔を離し、腕立て伏せの要領で顔を見据えてさらに穿つ。

あかりは「ううっ」と唸って唇を噛みしめて目を閉じ、何かを飲み込むようにギュッと顔をしかめる。

(奥まで入っているのを、感じているんだな……)

経験が少ないはずの二十歳の姪が、どんどんと官能の渦に溺れていく。

これが、この子のこれからのセックスの基準になると思うと感慨深い。

（もっと優しくしないとだめなのかな……でも、気持ちよすぎる……）

同じ格好を続けていたから、ちょっと手足が疲れてきた。

角度を変えてまた、ぐいぐいと押し込むと、

「アッ……！　アアンッ……いやっ。それいやっ！　ああっ、ああんっ」

いいところに当たっているのか、あかりはひときわ甲高い声を漏らし、顔が見えなくなるまで大きくのけぞった。

そうしてから「どうしたらいいの？」と、すがるような表情を見せてくる。

なんて色っぽい顔だ。

誰にも見せたくない。自分だけのものにしたい。

身体中が汗ばんで、あかりの赤みがかった白い乳房に、ぽたっ、ぽたっ、と汗が垂れる。

それほどまでに熱くなり、疲れているのに腰を動かすのをやめられない。

突き入れるたび、あかりの肉襞がうねうねとからまり、痛烈な甘い刺激が立ちのぼってくるからだ。

「おうう……気持ちいいぞ。おま×こがねっとりからみついてくる……」

「そ、そんな、ああんっ、そんなことしてないっ……ああんっ、へんなこと言わないで。だめっ……だめっ……」

そう言いつつも、下腹部がもっとせりあがってきて、

「ああっ、私……私……」

あかりが正一郎の腕をつかみ、いよいよ潤みきった双眸を向けてきた。

「あんっ、なにかくるっ……なにか、奥からきちゃいそう。怖いっ、怖いっ」

(そうか、イッたことないんだな……)

「怖くない、平気だよ。あかり……多分、おまえイキそうなんだよ。感じてるんだろ」

「イク？　私イクの？　ああっ、ああん。ねえ、ねえ、おかしくなるっ、私、もう壊れちゃいそう」

「大丈夫だ。身を任せて、そのまま感じて」

あかりは目をつむって、震えながらこくこくと頷く。

(よおし……)

俄然やる気になった。あかりをイカせたい。

正一郎は力を振り絞って、ズンッと奥まで貫いた。

ぐいっ、ぐいっ、と勃起が内部の潤みをえぐり、恥骨が陰毛の下のクリトリスをこするほど突きあげる。

とろけた媚肉がイソギンチャクの捕食のようにからみついてきて、分身を奥に引きずり込んでくる。

（くうう……こっちもイキそうだ……）

しかし奥歯を噛みしめて、射精欲を必死に殺して押し込んだ。

「あっ……あっ……ああっ、だ、だめっ……だめっ……だめっ、あああ」

ショートヘアの女子大生は、眉間のシワを苦しげに寄せ、快美の色を濃くにじませる。

「いいぞ、イッて……ああ、こっちもイキそうだ」

「あ、ああん……これ、そうなの？　ああんっ、あああ、イ、イクッ……イッちゃううう！」

無意識なのだろうか、あかりは初めてだろうに「イク」と激しく叫んで大きくのけぞり、ガクンガクンと腰を痙攣させる。

その動きが正一郎にとってのダメ押しだった。

急激に肉竿がふくれ、熱いものがせりあがってくる。

慌ててあかりから肉棒を抜いた。

さすがに姪に膣内射精はできない。

そのわずかな理性が、ぎりぎりの選択をさせた。

「おおお……」

脳天まで強烈な戦慄が走り抜け、正一郎は脚をガクガクと震わせる。

「きゃっ」

精液の飛沫はかなりの勢いで飛んで、あかりの頬にもかかった。あかりが顔をそむける。

ほとんどが大きなおっぱいに飛んで、白濁のたまりができあがる。

正一郎はハアハアと肩で息をする。

出し尽くして、あかりの横に倒れ込んだ。

あかりがそっと起きあがり、自分の乳房やおなかにかかった精液を見て、エヘへ、と笑う。

「いっぱい出たね……気持ちよかった?」

正一郎はティッシュを渡しながら、

「ああ、魂まで抜かれそうだった」

と、正直に答えると、「んー」とあかりが唇を突き出してきたので、正一郎も静かに唇を重ねていった。

3

とうとう昨晩、沙織は帰ってこなかった。

いや、家出してきたのだから、帰っていったという方が正しいのだろう。

(それにしても、泊めたお礼ぐらい言って帰ればいいのにな……)

とはいえ、こちらもいい思いをさせてもらったのだから、まあどっこいどっこいなのかもしれない。

それでもちょっと気になって、正一郎は昼間に天神町に出かけてみた。

クリーニング屋の言っていた住所に行ってみると、そこにはずいぶんたいそうなお屋敷が建っていた。

昔ながらの和風家屋である。

あかりに調べてもらった通りだ。ここは高原雅也《まさや》という、偉い大学教授が住んでいるらしい。

なんでそこまで知っているかというと、あかりが住所を頼りにインターネットで調べてくれたからだ。

インターネットもニュースや天気予報くらいなら見るが、それ以外であまり使ったことのない正一郎にしてみれば、魔法のような技術である。

高原という教授は、五十八歳のロマンスグレーの渋い、いい男だった。

だが高原の画像はパーティか何かの写真でわかったものの、亡くなったという妻の写真は一枚もネットでは出てこなかった。

(相手が五十すぎというのは、沙織の話していたことと合ってるなあ。まあ、でも人違いだよな)

といってもこれ以上確かめようもなく、大きな門の前でうろうろしていると、玄関が開いて、その高原という教授が出てきてしまった。

(まずい)

踵を返して帰ろうとしたときだ。

つかつかとサンダル履きの高原が走ってきて、声をかけてきた。

「防犯カメラで見ていたら、どうも先ほどから、ウチの前をうろうろされているようでしたが、御用はなんですかかな?」

高原が朴訥な口調で尋ねてきた。

豪勢なお屋敷なのだから、カメラぐらいあるだろう。うっかりしていた。

「あ、いや……実は、沙織さんの昔からの友人で」

「おや、沙織のお知り合いでしたか。それなら、まあどうぞ、よろしかったら線香でもあげていただければ」

「いや、知り合いといっても、遠い知り合いですから」

と逃げようと思ったが、あの沙織と別人だと自分の中でもはっきりさせておこうと思い、図々しく線香をあげさせてもらうことにした。

和室に通されて、そこで高原が奥の襖を開けた。

そこは立派な仏間だったが、正一郎はギョッとした。

仏壇の上に飾ってあった写真は、紛う方なきあの沙織であった。

目尻に泣きぼくろのある優しげな目に、整った顔立ち。おまけにセミロングの黒髪のヘアスタイルまで同じである。

「ささ、どうぞ」

高原が仏壇の前の座布団をぽんと叩いた。

「い、いや、ど、どうも……」

歯がカチカチと鳴って、脚が震えた。

生きた心地がしなかった。

（い、いや待て……双子の妹とかいるかもしれない）

などとも思うのだが、その実、それはないだろうなと考えを打ち消した。双子でもほくろの位置は違うだろう。

正一郎はなんとか座布団に正座するが、今度は手が震えて線香に火がつけられない。

やっとの思いで線香に火をつけて、仏壇を拝んだ。

（すみません、すみません……知らなかったんです。というか、あんたのこと、てっきり生身だとばっかり思っていて……）

顔をあげた。写真の沙織が笑ったような気がした。

「……ひ……ひ……」

四つん這いで這うように仏壇から遠ざかり、なんとか立ちあがった。

和室にはお茶とお茶菓子が用意されていた。

正一郎はそれを見て、顔を横に振った。

「あ、あの……」

そそくさと帰ろうとしたのだが、正一郎はちょっと迷った。

自分の家に幽霊として現れたことは、この亭主に言った方がいいのだろうか。

いや、言ってもしょうがないだろう。

それよりも、彼女のことを訊きたい。怖さを振り切って、とにかく話だけでも訊くことにした。

正一郎は何気なくそっと襖を閉めて、沙織の写真が見えない位置に座布団を移動させて座り、恐縮しながらお茶に手をつけた。

「だいぶ驚かれたご様子で。失礼ですが、沙織とはどういった……」

高原が言った。

「いえ……ちょっと生前に店に来てもらったことがあって、ウチは小さな居酒屋をやっているんですが」

「ほう。沙織は常連だったのですかな」

高原はじろじろと興味深げに見つめてくる。

「いえ、ただ、手伝ってもらったりしたことがあっただけで」

「なるほど。しかし、それで律儀にも来ていただくなんて、申し訳ないですなあ」

高原は、別段なんの他意もなさそうに言った。なんだか飄々として、浮世離れした感じである。

（待てよ、俺はこの人から女房を寝取ったのか……いや、でももう沙織は肉体的には消滅してるんだよな）

うーん、と考えていると高原は、

「どうかしましたかな」

と、訊いてくる

「いえね……ちなみに沙織さんは、姉妹とかは」

「は？　いえ、沙織はひとりっ子でした。親御さんももう他界しているし、うちに子供はいませんし」

（そ、そうなのかあ）

ますます正一郎は怖くなってきて、今にもそこの襖から沙織が出てきて、ニヤッと笑うんじゃないかと気が気でない。

高原は一口お茶をすってから、

「しかし、私がいうのもなんですが、いい女でした。親と子ほど年が離れておりましたが、私の言うことをよく聞いて、従順でした」

従順という言葉を、自分の亡き妻に使うのもどうかと思ったが、とにかく愛していたらしい。

正一郎は思いきって切り出した。

「例えばですよ」

「はい」

「あの、ホントに、例えばですよ。幽霊になって出てきても、奥さんの沙織さんに会いたいですかね」

怒られるかもと覚悟したが、意外にも高原は真面目な顔で声を潜めた。

「……あなた、霊能力者かなにかでいらっしゃる？」

「は？」

「実は……誰にも言っておりませんが、亡くなったばっかりの頃、沙織が枕元に立ったんです」

ドキッとした。高原は続ける。

「しかももう、生きているみたいにリアルでして。でも、話しかけても、ずっと哀しそうな顔をして立っているだけで……」

「……ウチとはだいぶ違うな」

「え、なんです？」

「いえなんでも……それで、あの、どうしたんで？」

「どうもこうも。最近はもう見えなくなったんで。でもあの顔はなにか未練があったような気がして……何か話してくれれば、よかったんですがねえ」

4

夕暮れの下町を、正一郎は無我夢中で走って帰った。

昨日は半信半疑だったが、あの写真を見てしまっては、信じないわけにはいかない。

それにしても、なんでウチなんだろう。

セックスしたいなら、あのロマンスグレーの旦那とすればいいじゃねえか……と思って、ハッと気がついた。

そうか、できないのか……。

確か旦那は五十八歳だから、まあ普通に考えれば勃たないだろうし、ましてや幽霊とするかといえば、それもまた難しい。

沙織からすれば、相手が若くて、しかも自分が死んだことを知らない男がいいのだろう。

それがたまたま正一郎だったというだけのことだ。

（あのまま続けていたら、ホントにとり殺されていたのか？）

それを考えた途端、背筋がゾッと凍った。

きれいでも、おっぱいが大きくても……やっぱり、この世のものでなければだめだ。

家に帰ると、二階から「きゃああ！」という悲鳴が聞こえてきた。

慌てて二階に上がると、沙織が部屋の真ん中に立っており、あかりは腰を抜かしたようにしゃがんで、部屋の隅で布団を被って震えている。

沙織が後ろを振り向いた。

その顔は、いつもの優しげな表情だった。

タレ目がちな双眸と、右の目元の小さな泣きぼくろ。ぽってりツヤツヤした口唇はセクシーで、やはり悩ましいほどに色っぽい。

沙織は白いニットにフレアスカートという出で立ちで、すらっとしたふくらはぎを見せている。

そう、沙織は脚があるのだ。

しかも頭に白い三角巾もないし、両の手を前に出したり、恨みがましい目をしていることもない。

いたって朗らかで、こうして見るとどうにも幽霊には見えないのだが、やはり怖いものは怖い。

「さ、沙織さん……あんた……」

からからになった喉から、なんとか声を出すと、沙織は自愛に満ちた目で微笑んでくる。

「ウフフ。バレちゃったみたいねえ。まさかあなたの身内にこんな可愛らしくて『あの世のものだと見分けられる』人がいるなんて」

沙織が珍しく真顔になった。

とたんに背中が、サアッと冷たくなる。

「ひっ……」

正一郎はドアの前でぺたんと座った。

「お、おい……あかり、で、で、出たぞ。ほら」

あかりを見ると、顔を強張らせて、ぶんぶんと横に振っている。

「あ、あのね……実を言うと、出ちゃったら、どうするかわかんないのよ。こんなにはっきり出たこと、今までなかったし……」

「お、おまえ……そんな無責任な……なんかほら、昨日、へんなお経とか唱えてたじゃねえかよ」

「あれは魔除けみたいなもんで、来ないでってお願いするだけなの。除霊とか悪魔払いはこれから勉強しようと思っていたし……」

なんということだと、正一郎は呆れた。

ウフフ、と沙織が愉快そうに笑う。

「昨日の、この子のお経？　あんまり怖くなかったけど……。どっちかっていうと、あの四隅の盛り塩がいやだったな」

あっ、と思った。

昨日の盛り塩は、仕込みの塩が足りなくなったので使ってしまったのだ。

「……あ、あのさ……沙織さん」

正一郎は思いきって、問いかけた。

「なんでしょう？」

「そ、その……ま、まだ出てくるってことはさ……ホントに、その男女のアレに未練が……」

言うと、沙織が真っ赤になって、こくっと可愛らしく頷いた。

顔を赤らめる幽霊というのも、珍しいなと思った。

「その……さっきさ、あんたの旦那のところに行ったんだけど、やっぱり旦那じゃだめなのかい？」

「……もうできないんですもの」

恥じらいながら、沙織が言う。

「それに……」

「それに？」

「いえ、なんでもないです。ごめんなさいね、正一郎さん。それに、あかりさん……でしたっけ？　迷惑おかけして」

正一郎は、あかりと顔を見合わせた。

「じゃ、じゃあ、それじゃあ、成仏……」

「……私、まだその……満足できていないんです」

沙織が目を細めて恨めしそうに言う。

目を細めると、余計に目尻の泣きぼくろが強調されて、幽霊といえども色っぽく見える。

「できないって……」

正一郎は腰を抜かしながらも、続ける。

「じゃあさ、俺じゃないとダメなんてこと、ないんじゃ……ない？」

「はい」

沙織はあっさり言った。

「はいって……じゃあ……」

「でも、身体の相性もあるし……それに梨紗子さんにも、許可をいただいていますし」

正一郎はその言葉に、大いに驚いた。

「り、梨紗子だって？　あんた、梨紗子を知ってるのかい」

「ええ。死んだ年が同じだから、その……同期みたいなものかしら。向こうで仲良くなって」

「り、梨紗子さんは、なんで出てこないんですか？」

あかりが怖がりながら、口を挟む。

沙織がふっと笑って言った。

「私と違って、未練がないみたいなんです。結婚生活がよっぽどよかったらしくて……正一郎さんには感謝しかないって」

そうなのか。ちょっと嬉しくなった。

そのときボーンと柱時計が鳴った。五時をまわっている。そろそろ店を開けないといけない頃だった。

「あら、もうこんな時間。正一郎さん、お店を開けないと」

沙織がいつも通りのことを言う。

「開けるってあんた……手伝う気かい？」

「ええ」

「でも、その……あかりもいるし……」

「薄気味悪いですか」

沙織がずばり言った。

「いや、そんな……」

「悪いですよ。当たり前でしょ」

あかりが睨みつけるように言うと、沙織はちょっと怖い顔をしてから、すっと歩いていく。

そしてそのまま壁の中に消えていってしまって、正一郎がぽかんとしていると、あかりが抱きついてきて、一緒になってぶるぶると震えた。

5

器量よしで愛想のいい看板娘がふたりになった。

というので、居酒屋「やぶた」はひいき客だけでなく、珍しく新規客も増えていったのだが、まあ当然ながら正一郎は素直に喜べなかった。

あかりは沙織に対して「叔父さんをあの世に行かせない」と息巻いて、自分で調べた除霊をするのだが、てんで効かず。

沙織は沙織で、あかりの除霊になんかまったく興味を示さず、さらには「免疫ができた」と言って盛り塩すら怖がらなくなる有様で、毎夕にはどこからともなく現れて、いつも通りに居酒屋を手伝うのである。

沙織目当ての客に、何度バラそうと思ったことか。

しかし騒ぎになるのもいやだし……。

ところがだ。

ついつい何も言わずにいたら、次第に居るのが当たり前に思えてきた。

人間というのはよくできたものだ。

どんな怖いことでも頻繁に起これば、あまり怖くも恐ろしくもなくなってくる。

しかもだ。最初敵対していたあかりと沙織も、どういうわけか仲良くなってしまい、あかりなど今はここから大学へ通う始末である。

ところで、正一郎は幽霊とわかってからも一度だけ、沙織を抱いたことがある。

桜が満開になった、風の生ぬるい夜のことだった。

その日は久しぶりに学生時代の友人が来たので、ついつい一緒になって呑んでしまって酔っ払ってしまった。

正一郎は呑むと、女を抱きたくなる。

その日はあかりもいなかったし、沙織が珍しく短いスカートを穿いていたもんで「細かいことはいいや」とばかりに抱いてしまった。

久しぶりに触れる沙織の身体は、柔らかくていい匂いがして、どうにも生身としか思えずに正一郎は快楽に溺れた。

沙織も満足そうだった。

ところがだ。

満足させたと思っていたのに、やはり沙織は次の日もひょっこりと現れて、いつも通りに居酒屋の手伝いをするのである。

こうなると、正一郎もさすがに沙織がいつまでいるのかと不安になってくる。

この生活も悪くないと思えてきたとはいえ、やはりスッキリはしない。

それで正一郎は寺に行くことにした。

住職も、やぶたの常連だから、いつでも相談できたのだが、沙織やあかりと楽しそうに呑んでいるのを見ると、悪いなあと思って今の今まで黙っていたのだった。

だが、やはりこのままというのはよくないだろう。

幽霊は幽霊の場所に帰るべきだと決意して、正一郎は寺に出向いた。

「ごめんくださーい」

古ぼけた小さな寺の玄関で正一郎が声をあげても、返事はまるでなかった。

（あれ？　おかしいな）

住職には電話でアポを取った。

時間も言ってあるから、いるはずなのだが……。

どうせ盆と正月には、寺の中に勝手にあがってお参りをしているのだから、ちょっと覗いてみるかと、正一郎は勝手に玄関に入っていく。

「おーい、住職さん」

本堂を覗いてみたが、誰もいなかった。

（あの坊さん、間違えやがったな）

そろそろ還暦だから、物覚えが悪くなっているのだろう。

正一郎は住職の携帯に電話をかけようと、スマホをポケットから出したそのとき、通りかかった襖から、すすり泣きのような声が聞こえてきた。

なんだいるのか、と声をかけようとする前に、正一郎は「待てよ」と思った。

襖に耳を当ててみると、

「あっ……あっ……ううんっ」

と、女のかすかな声が漏れてきた。

（おばさんの声じゃないか……？）

おばさんというのは、住職の妻の雪絵《ゆきえ》のことで、四十二歳ではあるが三十代で通じる若々しさを持った美熟女であった。

だから、「おばさん」というのも憚られる若さなのだが、本人がそう呼べというので、仕方なしに呼んでいたのであり、本当にキレイでスタイルもいい人妻であった。

「ああんっ……」

その甘ったるい声を聞いて、正一郎は心臓をバクバクさせる。

中からはまるで男の気配がしない。おそらく雪絵ひとりだと思う。

(ひとりで、あんな感じたような色っぽい声を出している……)

ということは……。

いけないと思いつつ、物音を立てないようにそっと襖の端の方をつかんで、慎重に滑らせる。

スーッと、滑りよく襖が動いて、数センチの隙間ができる。

かがんでそっと顔を近づけて、ぼんやりした光の中で動いている物体に視線を合わせる。

途端、飛び込んできた光景に、正一郎は目を見開いた。

「んんん……あぅ……」

畳の上に横臥して、悩ましい声をあげているのは、やはり住職の妻の雪絵であった。

(おおおお……お、おばさんっ!)

いつものように鮮やかな着物を身につけて、横臥している。

「はぁ……ああっ……」

雪絵が美貌をぼうっととろけさせて、両手で自分の着物のあわいに手を滑り込ませて、自らを慰めていた。

（し、信じられない。あの淑やかなおばさんが……）

いつもはストレートの黒髪が、今はシニヨンでまとめられ、笑うと目尻が下がって三日月のようになる優しげな目は、今は何かにとりつかれたように霞がかかっている。

ぽってりした肉厚の唇からは、ちろりと真っ赤な舌をハミ出させて、妖艶たる美熟女の様相を見せている。

着物ははだけて、むっちりとした色白の太ももが、つけ根まで見えてしまっている。雪絵の左手が着物の股のところに潜り込んで動いている。

右の手は襟元から滑り込んでいて、自ら乳房を愛撫しているようだ。

「あっ……くっ……くっ……う、ううんっ」

覗かれているとは知らずに、雪絵は顔を上気させて、大胆に両手を動かしていた。

（くう……た、たまらない）

襖の隙間から、人妻のあらぬ姿を覗き見していた正一郎は、次第に股間を漲らせて、ズボンの上から硬くなったふくらみを手で押さえつけた。

雪絵は快感に身悶えており、畳の上でくなり、くなりと腰を動かしている。唇から吐息が漏れ、眉根にシワを寄せた表情が切なげだ。見ているだけで分身がますます硬くなっていく。

「んっ……！」

雪絵が喘いで、顎をせりあげた。

見ると、股間をいじる手がさかんに動いていて、それに呼応して腰が艶めかしく持ちあがっていく。

「あん、あっ……あっ……いやっ……ああんっ……いやっ……」

人妻は誰かに抗うような台詞を吐いている。

雪絵の頭の中では、どんなシチュエーションなのか……もしかして無理矢理されるのが好きなのでは……。

そんなことを考えると、ますますいきり勃ちが大きくなり、もうどうにもならなくなってきて、正一郎はズボンの上から勃起を強くこすりあげる。

「くっ……」

甘い痺れがせりあがってきて、正一郎は脚を震わせる。

ハアハアと荒い息がこぼれて、立っているのもつらくなるほどの愉悦が襲いかかってくる。

「あっ……あっ……ああっ」

押し殺したような、雪絵の喘ぎはますます大きくなり、身悶えが激しくなっていく。

見れば、雪絵の着物は完全にめくれあがって、二本の指が漆黒の繁みの奥に、いやらしく出たり入ったりを繰り返している。

（エ、エロい……）

正一郎のパンツの中で、先走りの汁が漏れた。

このまま布越しにもこすっていると、達してしまうのではないかと思えるほどに、脈打つ熱棒が張りつめている。

（おばさん……ああ、おばさん……）

だめだと思うのに、正一郎はもう夢中で、いきり勃ちをこすってしまっていた。

「あっ……あああんっ……いやっ、だめっ……」

相当に昂ぶってきたのか、雪絵は指を股間に差し入れたまま、うつ伏せ気味になって、着物の尻を浮かせている。

着物の女豹ポーズというのもまた、いやらしいものだ。

息を呑むほど大きな尻が、くなっ、くなっ、と物欲しそうに揺れている。

もう今にも着物を脱ぎそうな勢いで、雪絵はこめかみを畳にこすりつけるようにして、オナニーを続けている。

（お、おばさん……いやらしい）

正一郎は四十二歳の美熟女のオナニーシーンに夢中になっていて、注意力もなくなっていた。

脚がガクガクとして、バランスを崩したときだ。

思わず襖に手をやってしまった。

ガタッ、と音を出してしまい、正一郎はハッと強張る。

雪絵がすぐにこちらの隙間を見た。

（まずい）

すぐに襖に身を隠したのだが、遅かった。一瞬だけ、雪絵と目が合ってしまった。

「誰？　誰かいるの？」

襖の向こうから雪絵の声がした。

逃げようと思ったが、ここで逃げてしまえばあとで騒ぎになるかもしれない。

正一郎は考えた末、名乗り出ることにした。

一体どんな顔をすればいいのかと葛藤しながら襖を開けると、雪絵は畳に正座して乱れた髪を直していた。

「正ちゃん!?　……いけない子ね、覗くなんて」

「すみません。住職に用があって。時間も予め伝えて、ＯＫもらっていたはずなんですけど」

「え、今日？　へんねえ、何も言ってなかったけど」

「やっぱり……忘れてるんすね、きっと」

「で、黙って入ってきたのね」

「……時間を決めたんだから、まあいるだろうと思って……すみません、いつも本堂に勝手に入ってお参りしているからつい……」

正一郎が頭をかくと、雪絵がンフッと笑って「入ってらっしゃいな」と、おいでおいでする。

恐縮しながら、正一郎は部屋に入って襖を閉める。立っているのも所在ないので、雪絵の前に座った。

「それで、妙な声が聞こえて、襖を開けて、覗いてたってわけね」

雪絵が見つめてくる。

なんだか久しぶりに母親に怒られているみたいで、いたたまれない。

「申し訳ないです。いけないとはわかってたんすけど……あの、誰にも言いませんし、もう二度と顔も見たくないっていうなら、おばさんがいるときには姿を見せませんから」

小さな声で言うと、雪絵が口元に手をやって、可愛らしく微笑む。

「正ちゃん、相変わらず真面目ねえ。菊江《きくえ》さんたちが心配するわけだわ」

顔をあげると、雪絵が慈愛に満ちた表情を見せていた。

菊江というのは、亡くなった正一郎の母の名である。

畳に座っていた雪絵がスッと立ちあがり、正一郎の前に座り直す。

自分の膝と、着物の膝がくっつくほど近い。

もしかしたらビンタでもされるのかと思ってしまったが、しかし、雪絵がやってきたことは、それの真反対だった。

（えっ……？）

雪絵が顔を近づけてくる。

昔から美人で色っぽい人だと思っていた。

おばさんでいいわと言われたから、おばさんと呼んでいるだけで、本当はきれいなお姉さんだと思っていた。

「顔が赤くなってる。正ちゃん、こんなおばさんのエッチなところ、見て楽しかったの？」

とろんとした双眸に見つめられ、正一郎は照れて視線を外した。

「私のを見て、大きくするなんて」

雪絵の視線が正一郎の股間に向く。

正一郎は正座しながら、太ももを強張らせた。

「い、いや、だって……」

（なんだ？　おばさん、何を言ってるんだ）

もしかすると、誘ってるんじゃないだろうか。

そんな淡い期待と、いや、優しいおばさんが、そんなことするわけない、という葛藤が正一郎の心の中に生じて、ドキドキがとまらなくなっている。

「ンフッ。だって、なあに？」

雪絵は色っぽく上目遣いに見つめてくると、正一郎の右手を握ってきた。

暖かく柔らかい手のひらだった。

雪絵はそのまま、正一郎の手をとって、白い半襟ののぞく胸元に導いていく。

「え……お、おばさん……」

「うふっ、いいのよ、触って。それともこんなおばさん相手じゃイヤかしら」

「イヤなんてそんなわけ……」

正一郎もカアッと顔を熱くさせながら、雪絵を見つめた。

雪絵が視線をからませてくる。

「そのまま襟の中に手を入れてみて……」

「えっ……」

驚いたが、もう抗えなかった。

思いきって手を着物の襟元にすべりこませた。

すぐのところに、柔らかいバストがあって、正一郎は息を呑んだ。

「そう、そこよ……ンンッ……いいわ、もっと大胆に……」

着物や帯で圧迫されているが、おっぱいはかなり大きいはずだ。着物以外のT

シャツ姿も見たことあるが、垂れ気味ではあったものの、まだ充分に張りのある丸みを誇示していた。

そのとき見た、悩ましいふくらみを想像しながら、しっとりしたおっぱいを揉みしだく。

「んんっ……」

雪絵が小さく呻いて、ぴくっ、と肩を震わせる。

その熟女の反応が可愛らしくて、もっといやらしく揉んだ。

あかりはもちろんだが、沙織や、記憶にある元妻のおっぱいよりも柔らかく指が沈み込んでいく。

だが、ムニュ、ムニュ、としたこの柔らかすぎる揉みごたえもまたいやらしくて、いいものだ。

とろけるような乳房を力強くつかんだり、ソフトに揉んだりしていると、すぐにも雪絵の乳頭が硬くなったのを感じられ、正一郎は手探りで乳首をつまんで、くりっ、くりっ、と転がした。

「あんっ……それ……ああっ……」

雪絵は顎をせりあげて、正座していた足をくずして膝を開いた。

萌葱色の着物の裾が乱れて、真っ赤な肌襦袢とともに、艶めかしい太ももがちらりとのぞく。

白足袋を履いた足が、もどかしそうに、すりっ、すりっ、と畳をすっている。

さらに乳首を捏ねまわすと、美熟女はいっそう苦しげに悶えて、大きく脚を開くので、太ももの内側まであらわになった。

「おばさん、キレイな脚……着物からのぞく太ももって、いやらしい」

乳首のシコりを感じて、昂ぶりながら口を開けば、雪絵は赤らんだ顔を正一郎の顔に近づけてきて、ウフッ、と妖艶に笑う。

「正ちゃんって、女の人を悦ばせるのがうまいのね。モテるわけだわ」

「そんなことないですよ。おばさん、色っぽくて可愛いし」

「うふ、ありがとう。あら、こんなに……」

雪絵の手がそっと伸びてきて、ズボン越しのふくらみを撫でてきた。

形や硬さを確かめるような、いやらしい指の動きに、正一郎が「くっ」と奥歯を噛みしめると、雪絵はふくらみを撫でながら、正一郎の顔に紅い唇を近づけてきた。

ふっくらとした厚い唇が押しつけられて、甘い呼気が流れ込んでくる。

（おばさんとキス……）

以前からきれいだ、可愛いとひそかに思っていた年上の人妻と、こうして口づけを交わすのは夢のようだった。

優しくて美しくて、そして、年相応の濃厚な色香を携えていた。

正一郎は震えながら、襟元に入れた手を抜いた。

そして両手で雪絵の肩を抱き、唇を押しつけながら、思いきって、その唇のあわいに舌を滑り込ませた。

「んん……ッ」

舌同士をもつれ合わせ、ふたりの唾が混ざり合う。

くちゅ、くちゅ、と淫靡な音を立てながら口を吸い合うと、四肢の先までジンと甘い痺れが広がっていく。

ハアハアと息が荒い。雪絵も激しく求めているんだと感じた。住職の妻は、情熱的なキスをしながら、いよいよズボン越しの勃起をシゴいてくる。

（うっ！　ああ……おばさんにエッチなことされている……）

刺激に腰を震わせながら、正一郎も下半身の着物の合わせ目に手を忍ばせる。

白い内ももの奥に手を伸ばすと、ふっさりした繁みに下に、ぬるっとした女の

ワレ目が息づいていて、驚きつつも指をツウッと狭間に滑らせると、

「あああ……」

と、雪絵はもうキスもできないと、唇をほどいて白い喉を向けてくるほど、のけぞった。

（ノーパンの奥が、洪水だ）

淫らな温かな蜜がたらたらとこぼれて、指にまとわりついてくる。

「あん、濡れているでしょう？」

雪絵が目の下を赤く染めながら訊いてくる。

「え、ええ……」

「正ちゃんを欲しがっているのよ、あなたのここを……スケベでしょう」

雪絵はウフフと笑みをこぼし、股間の太幹をキュッとつかんだ。

「うっ……！」

甘い刺激に腰が震えた。

正一郎は雪絵を見つめる。

「そ、そんなこと……スケベなんて」

「ふふ、だって……イケナイことだってわかっているのに……でももうだめなの、

私……」

「ギュッとしがみついてきて、すがるような目で見つめる。

こちらも、もうダメだった。

「おばさん……俺、着物の脱がせ方はわからないんだけど……」

「いいわ。ちょっと待ってて」

立ちあがって、雪絵は後ろを向き、背中のお太鼓を外して帯を静かにほどいていく。

着物を脱ぐところを初めて見た。

その帯の複雑なほどき方に、正一郎は嘆息する。

雪絵は肩越しにちらり、恥ずかしそうにこちらを見てから、着物を肩から滑り落としていく。

その息を呑むような色っぽい脱ぎ方と、薄い緋色の肌襦袢一枚だけの姿に、正一郎は興奮した。

鮮やかな肌襦袢の赤と、髪をアップにしているから見えている、うなじの白さのコントラストがやけにエロティックだった。

そしてそれ以上に、熟れきった肉体のラインに正一郎は目を奪われた。

肉づきはよく、成熟した腰部の量感が感じられた。

とはいえウエストは細いから、要はグラマラスな体つきである。

肌襦袢を盛りあげるたわわなふくらみに、ムチッと這った双尻の大きさがたまらない。

左右の視界からハミ出んばかりのデカ尻に、熟女臭がムンムン漂っていて、もう見ているだけで正一郎は発情した犬のように、ハアハアと荒い息をこぼしてしまう。

「ウフフ。嬉しいわ。そんなにいやらしい目をして……ねえ、正ちゃんも脱いで」

言われてハッとした。

雪絵の着物を脱ぐシーンに目を奪われて忘れていたからだ。

慌てて上に着たパーカとTシャツを脱ぎ、少し躊躇してから、ズボンと股間に少しシミのついたパンツを脱ぎ飛ばして素っ裸になる。

恥ずかしいので股間を手で覆っていると、雪絵がクスクス笑った。

「すごいわね……全然手で隠れないじゃないの。ウフフ、早くきて」

艶めかしい目を向けてきつつ、雪絵が畳に寝そべった。

正一郎は、肌襦袢一枚だけの雪絵の肢体に覆い被さった。

「ああ……すごい……」

正一郎の目がギンギンに血走った。

襟元に、大きなふくらみの谷間が見えている。

下を見れば、足袋を履いた白い足がじれったそうに動いていて、緋襦袢の裾が乱れて、ほの白い太ももがちらちらと見え隠れしている。

たまらなくなって、雪絵の半襟をつかんで左右に大きく広げて、そのままぐいと肩まで露出させる。

伊達締めのところまで赤い肌襦袢を剝き下ろし、人妻の上半身をあらわにする。

（おお……）

色白でふっくらした肉体に、下ぶくれしたおっぱい……。

たっぷりした乳房は左右に裾野がわずかに広がって、のっぺりした白い餅みたいだった。

乳輪はかなり大きく、濃い紅色をしている。

先端がまだ触れてもいないのに、円柱形に飛び出していて、ぷっくりと屹立していた。

（くうう……熟れきっていて、いやらしいな）

熟れた女体から、四十路の人妻の色香が匂い立つようだった。

いつもの優しくしてくれる女性の服の下に、こんないやらしい、ムチムチした身体が隠されていたとは。

普段の清楚な雰囲気を知っているだけに、そのギャップたるや強烈だった。

「だらしないおっぱいでしょ、昔は張りがあったんだけど」

雪絵は恥じらい、そっと手で乳房を隠す。

「そんなことないですよ。いやらしいです」

「いやだわ、そんなに見ないで」

正一郎があまりにじろじろとおっぱいを見ていたからか、雪絵は目尻を真っ赤に染めあげて、顔をそむけた。

四十二歳といえば、もう顔や身体にシミやたるみができ始める頃なのに、雪絵の肌には張りがあり、後ろでアップにした黒髪もツヤツヤしている。

しかも、おっぱいは言うほど垂れてなく、下乳がしっかりと丸みをつくっているし、腰もくびれている。

すらっとしたボディラインに、むしろ柔らかそうな丸みがあって、余計に抱き心地がよさそうだ。

震える手で、正一郎は乳房をつかんだ。

人妻はかすかに目を細め、

「ああん……」

と、仰向けのまま顎をのけぞらせて小さく喘ぐ。

ずっしりとしたおっぱいの重みを手のひらに感じながら、正一郎はもっと指を沈めていく。

「あっ……あっ……」

雪絵がいっそう顎をせりあげる。

さらにムギュムギュと揉むと、乳房の形がひしゃげるほどに、柔らかく指が沈んでいく。

(おお……たまらん)

張りはないが、そのぶん、しっとりした揉みごたえがあり、正一郎は四十二歳のとろけるように乳房に夢中になってしまった。

今度は下乳からすくうように、ムギュッとふくらみをつかむと、

「あっ、んっ……」

雪絵は身をよじりつつ、うっとりとした色っぽい女の顔を見せてくる。

指先に当たる乳首はすでに硬くなっていたが、さらに指で捏ねればもっとシコッてくる。

その円柱にせり出した薄い紅色の乳首を、チュウと口に含み、吸い立てた。

「ああんっ！」

雪絵の背がきつく反り返り、形のよい顎がクンッと跳ねあがった。

わずかに広げていた脚がもっと広がり、襦袢の裾が乱れて、白い太ももがばっちりと覗く。

正一郎は乳首を舐めながら、合わさった襦袢の奥に手を差し入れた。

「あっ……！」

しどけない声を漏らし、雪絵がギュッと太ももを綴じ合わせる。しかし、すぐに開いてくれた。

「いやだわ……私、さっきからずっと濡れっぱなしなのよ……ねえ、へんな風に思わないでね。こんなに濡れたことないの……正ちゃんとこんなことしているからだわ。子供の頃から知っている子と、イケナイことをしてるから……」

「うれしいです。俺、おばさんのこと……そんな風に思っちゃいけないと思いつつ、エッチなことも考えたこともあるし」

雪絵が見つめてきて、ンフッと笑う。

そしてもう覚悟を決めたという顔をして、おずおずと膝を開いた。

正一郎は手を差し込んで、柔らかな太ももの内側を撫でた。

内ももはしっとりしていて、そして思ったより、ぷにっと肉のたるみがあった。

そのたるみも熟女らしくていい。熟れきった女の魅力だ。

じっとりとした熱気を孕んだ太ももを撫でながら、さらに女の奥へと右手を忍ばせる。

「ん……」

雪絵がピクッと肩を震わせた。太ももの奥へと指先を届かせると、温かく、そして湿った感触があった。

ざらついた繊毛の奥に指を送ると、ぬちゃっ、とした女の秘部が口を開いて、新鮮な蜜があふれ出す。

「あ、ああ……くぅぅ」

切実な喘ぎ声をあげて、雪絵が大きくのけぞった。

たゆん、とした大きな乳房が、正一郎の目の前にせり出す。

真ん中の赤い乳首がカチカチになって震えている。

もっと触ってといわんばかりで、正一郎は舌で乳首をねろりと舐める。

「くぅッ……」

雪絵の腰が前後に揺れて、足先が震えている。

「あんっ、あんっ、ああ……だめぇ……」

柔らかい乳房を寄せたり握ったりしながら、ちゅぱ、ちゅぱと、乳首を吸い立てる。その間にも、濡れた股間を指で、ぬるっ、ぬるっ、といじり立てる。

「あはんッ……あ、あ……」

子供がむずかるような声を漏らした雪絵は、つらそうに眉をたわめ、双眸をとろんととろけさせている。

「おばさん……色っぽい……」

正一郎は夢中になった。

雪絵の白い首筋にぺろぺろと舌を這わせつつ、唾液でべとべとになった乳房を手で捏ねたり、乳首をつまんだりする。

「あああぁ……!」

すると、雪絵が背を伸ばし、脚を震わせてきた。

おっぱいとおま×こを同時に攻めたのが、気持ちよかったのだろう。

(乱れてきたぞ……ようし……)

正一郎はずりずりと身体を下げていき、雪絵の大きく開いた脚の間にしゃがみ、雪絵のむっちりした白い太ももをつかんで、グッと持ちあげた。

「え……あ、ああん……この格好……」

顔を赤らめた雪絵が顔をそむける。

(うおお、すごい……)

目の前にあるのは、美熟女のマングリ返しだ。

赤い襦袢の前が割れて、女の秘部が丸見えになっている。

四十二歳の人妻の恥部は、生々しいほどの淫靡さが漂っていた。

肉厚のヴァギナがぱっくり広がり、膣奥がぬめぬめと蜜を吐いている。

赤みまでさらけ出された人妻の恥部から、生々しい獣じみた香りがプンと匂い、正一郎の股間を刺激してくる。

少し色素の沈着があって、使い込んだ感じもある。

しかし熟れきった女肉の方が、人妻感を醸し出していて、他人のものであることを強く感じさせてくれる。

「ひくひくしてる……」

左右のラヴィアに人差し指と中指をあてがい、Vサインのようにして押し広げた。

赤らんだ媚肉から透明なオツユが噴きこぼれて、ぬらついている。

正一郎は舌を伸ばして、蜜をすくうように、ねろんっと舐めた。

「あ、あんッ！」

雪絵のヒップがビクッと大きく揺れる。

その反応が嬉しくて、正一郎はもっと舌を這わせた。

キツい味だった。だが震えるほど、スケベな味だ。

ブルーチーズのような強烈な味と匂いなのに、むしろ引き込まれるように、ずっと舐めていたくなる。

「あ、ああ……あああ……あああんっ」

雪絵は両手で正一郎の髪の毛をくしゃくしゃにしながら、剝き出しの恥部をせりあげて「もっと舐めて」という風に揺すり立ててくる。

ようしもっとだ、とばかりに、正一郎は雪絵のワレ目に唇を押しつけて舌を伸ばし、膣口に差し込んで抜き差しをする。

ぬちゃぬちゃと内部を刺激すると、

「い、いやッ……あああ、そこは……ああん、だめっ……だめっ……」

雪絵はもうガマンできないという感じで腰をくねらせ、股間をグイグイと押しつけてきた。

あの淑やかな女性が、今ははしたなくヒップを浮かせて、欲望をむさぼろうとしている。

「ああんっ、もうだめっ……お願いッ……」

上品な婦人が、今は双眸を潤ませながら、紅潮した顔で泣き叫んでいる。

もちろん正一郎もこんな刺激的な光景を眼前にしては、ガマンの限界だった。

屹立はギンギンに漲り、切っ先からヨダレのような汁を噴きこぼしている。

大きく足を開かせ、そこに腰を入れようとしたときだ。

「ま、待って……」

雪絵は緋襦袢一枚の身体で脚を開かされたまま、下から首を横に振った。

(まさか、ここまできて終わりなんてないよな……)

正一郎が不安を感じていると、雪絵は手を伸ばして、自分の伊達締めをしゅるっと抜き取った。

緋襦袢の前がパアッと開いて、艶めかしい白い裸体があらわになる。

雪絵は細紐を手にしたまま少し逡巡していたが、やがて真っ直ぐに見据えてきて、その帯を正一郎に差し出してきた。

「ねえ、正ちゃん。お願い……これで両手を縛ってくれないかしら」

6

雪絵に帯を手渡されて、正一郎は激しく動揺した。

「え……あ、あの……し、縛る？」

言うと、雪絵は恥ずかしそうに顔をそむけて、ささやくように言う。

「……いいの。私、自由を奪われて……無理矢理されるみたいなやり方が感じるから。私のお願い聞いてくれる？」

正一郎は目を見開き、雪絵を見る。

今までになく羞恥を感じている。

知らない人間ならまだしも、顔見知りにそんなことを告白するのは、相当勇気がいったろう。

(それでも縛られたいんだろうな。まさかおばさんにそんな性癖があるなんて)

そういえばオナニーを覗いたとき、雪絵は「いや、いや」と抵抗しているような雰囲気を出していた。

「わ、わかりました」

正一郎は雪絵のほっそりした両手首を背中でまわし、ひとつにまとめて細紐で幾重にも巻き、ギュッと縛った。

雪絵ははだけられた肌襦袢一枚で、後ろ手に拘束されるという無残な格好にされてしまう。

色っぽい住職夫人は裸も同然、いや、なまじ肌襦袢一枚だけという方が、まるでホントに犯されているみたいで、オールヌードよりエロティックだった。

「ああ……」

雪絵がうなだれて、甘い吐息を漏らす。

肩越しにこちらを見る目つきが、尋常ではないほど色っぽくとろけている。

(すごいな……ホントにMなんだな)

見ていると、たまらなくなってきた。

無理矢理がいいというならば、強引がいいのだろう。

正一郎は背後から雪絵を抱きしめて、そのまうつ伏せに押し倒した。

そうして、腰をつかんで引きあげる。

雪絵はこめかみを畳に押しつけるようにして、尻を掲げたみっともない格好にされる。

「ああん、後ろからなの？」

苦しげな体勢で肩越しに雪絵が怯えた顔を見せる。

「そうですよ。その方が惨めでしょう」

言いながら、丸々とした雪絵の尻を撫で、緋色の長襦袢をぱあっとめくりあげる。息を呑むような、デカい尻があらわになった。

（お、大きいッ）

腰は細いのに、尻だけは異様に発達していて、キュッとしまった尻えくぼがたまらなくそそる。ふたつの尻丘は、じっとりと生汗をにじませ、光沢を輝かせてムチッと張っている。

深い尻割れの妖しさも魅力的だが、それよりももう尻の奥に息づく女の恥肉が、とんでもないことになっていた。

亀裂の奥がぐちゃぐちゃにぬかるんでいて、赤い肉が蜜にまみれて照り光っているのだ。なんというやらしさだ。一刻も早く入れたくなった。

「行きますよ……」

濡れそぼる屹立を濡れ溝につけると、雪絵がビクッと尻を震わせる。

慎重に腰を推し進めると、肉傘の先が膣口にひっかかった。

ここだとばかりに固い先端を打ちこんでやる。

すると、硬い切っ先が女のとば口を押し広げて、奥にずるっと嵌まり込んでいく。

「あ、あああんっ！」

畳に顔をつけた雪絵が切なげな声を漏らし、背中をしならせる。

屹立にグッと力を込めて腰を送る。蜜ヒダに包まれる快感が押し寄せてきた。

「あん、硬いっ」

人妻は瞼を二、三度しばたかせてから、きつく閉じた。

「くうう……」

正一郎も唸った。

ぐっしょりと濡れた熱い粘膜が、根元を甘く締めつける。

（ああ……気持ちいい……）

中身はとろとろで、まったりした熟女の襞が優しく分身を押し包んでくる。

自然と腰が動いていた。

肌襦袢をさらに腰まで大きくめくり、露出したデカ尻をつかんで引き寄せて、後ろから激しくパンパンとぶつけていく。

「んっ、んんっ……ああっ、そんなっ、そんなに激しく……あんっ、あんっ」

そんなか細い悲鳴をあげつつも、雪絵も腰をグラインドさせている。

角度を変え、上からもググッと圧迫をかける。

「ああ、そんな……そんな奥に……ああん、いやっ……」

ここまで突き入れられたことがないのだろうか。

人妻はいやいやして、腰を震わせる。

背中で括られた両手が、握ったり開いたりを繰り返している。

「いやだと言っても、おま×こがからみついてきますよ」

とろけた粘膜がギュッ、ギュッと分身を食いしめてくる。

愛液はじわっ、とあふれ、太ももまで濡らす。

「くうう、びっしょりだ。たまりませんよ……」

後ろからつながった状態で、正一郎は緋襦袢を脱がして、後ろ手に縛られた両手にくるんでやる。

身につけているのは白い足袋だけという、一糸まとわぬ色白の裸身はムチッとしていて、熟女の色香をむんむんと漂わせている。

自然と腰が動いていた。

気持ちよすぎて、いきなりフルピッチだ。

ぬらついた肉棒が結合部から現れては隠れ、を繰り返す。

張り出たエラが膣膜を甘くこすり、ざらついた奥までを切っ先で穿つ。

「ああっ、だめっ、だめっ、ああ、ああ……壊れちゃう、ああんっ」

雪絵は顔を突っ伏したままで、いよいよヒップをぐいぐいとこちらに押しつけてきた。熟女の興奮の高まり具合が伝わってくる。

重たげなバストが垂れて、ゆさりとゆさりと揺れている。

バックから貫きながら、下から揉みしだいた。

「くうう、ああ……あああっ……」

雪絵は背をのけぞらせて、尻だけを持ちあげて、ついには、

「ああん、も、もっと……」

眉をハの字にして、雪絵はおねだりの声をあげる。

「聞こえませんよ」

正一郎はニヤリ笑って、後背位での腰の動きをぴたりやめる。

「ああん……正ちゃん、い、意地悪ね……ああんっ、もっと、もっとして……正ちゃん、おばさんを後ろから犯して」

ついには淑やかな熟女は恥も外聞も捨てて、そんな淫らな台詞を吐く。同時にキュッと膣で肉棒を締められて、正一郎も「くっ」と唇を噛みしめる。

「くうう……欲しいんですね。い、いきますよ」

上体を前に倒し、志乃をきつく抱きしめる。

そうしながら腰を使って、肉傘でぬめった膣肉と練り合わせていく。

ぐちゅぐちゅと淫音が立ち、切っ先は熱く蕩けるような喜悦に痺れていく。

「あんッ、すごいっ！ いい、ああ、いいッ」

雪絵がヒップをくねくねさせる。そのうねった腰つきがたまらなかった。

正一郎は息をつめ、怒濤のピッチで剛直を突き入れた。

熟女は色っぽく悶え、喘ぎ声がさらに艶めいたものに変わっていく。

「あんっ、そ、それ、んんっ！ い、いいわ、上手よ」

言われて、正一郎の勃起が奮い立った。

細腰をつかみ怒濤のストロークを送り込む。

人妻のなめらかな白い背中が、ピンクに染まっていく。汗ばんで、濃い女の性の匂いがあたりを押し包む。

「やあ、やだっ、わ、私、もう……イキそう、あんっ、イキそうよ」

雪絵は畳に頭をつけたまま、いよいよ切羽つまった声を漏らす。

両手を縛られて不自由な格好をしながら、全身を打ち振るわせている。

こちらも限界だった。会陰が引き攣り、切っ先がいよいよ熱くなっていく。

「ああ、俺も、もう……やばいです」

情けない声を出すと、突っ伏した雪絵は、肩越しにすがるような目つきをした。

「いいわ……は、早く……私、ダメになりそうなの。お願い。ちょうだい。おばさんの中にいっぱい出してっ！」

「い、いいんですね。い、いきますよ……おおっ」

正一郎は背後から手を一杯に伸ばし、豊満な乳房を荒々しく握りこみつつ、抜き差しにスパートをかけた。

「ああっ、イキそうッ、やだっ。私……」

雪絵は恥ずかしいのか、目をギュッと閉じた。その仕草が猛烈に可愛くて、正一郎は一気に昇りつめた。

「で、出るっ」

深く差し入れた位置で、正一郎は腰をブルッと震わせた。

「あんっ、すごい……ああん、私の中、いっぱい注がれてる……あああん、ダメッ、ダメッ……ああ、あああっ、イクッ、私もイクッ」

雪絵は腰を揺らめかせた。

鈴口からは熱い白濁液が、子宮に向かって勢いよく放出され、人妻の熱い膣内を満たしていく。

もう何も考えられない。気持ちよすぎる。

雪絵が突っ伏したまま、腰をガクン、ガクンと大きく震わせ、やがてぐったりしたように全身の力を抜いていく。

出し尽くした正一郎も精魂尽き果て、肉棒を抜いて大の字に寝転がった。

ちらり、縛られ犯された雪絵を見た。

(まさか、こんな清楚な熟女に、倒錯的な性癖があるなんて)

そのときだ。

正一郎の中で、沙織の旦那の言葉が思い出されていた。

第五章　Mの証明

1

いつものように、夜も十時の頃合いを見計らって客が帰ってしまうと、店の中は沙織とあかりと正一郎の三人だけになる。

「あかりちゃん、じゃあ私、お風呂入れてくるから」

沙織がそう言うと、幽霊のくせにたんたんと足音をさせて、二階に上っていってしまう。

するとあかりが近づいてきて、片づける正一郎の背後から、ギュッと抱きついてくる。

「ねえ、叔父さん」

正一郎が肩越しに向くと、あかりが唇を重ねてくる。

もう慣れたもので、ちらり階段を見てから、あかりに向き直って抱きしめて、すぐに舌をねちゃねちゃ、とからめ合うディープキスに興じてしまう。

あかりはもうすっかりと押しかけ女房みたく、荷物を持ってきてここから大学に通い、今日のように時間があれば、沙織と一緒に居酒屋を手伝ってくれる。

そうして、隙あらば正一郎にイチャイチャを仕掛けてくる。

正一郎も悪い気はしないので、よくないなあと思いつつ、それに乗ってしまうのだが、やはり沙織が気になって、それ以上のことができない。

沙織は沙織で、あかりのいないところで同じようにイチャイチャしてくるのだが、向こうもあかりの目が気になって、それから先には進めないのだ。

昼間は沙織が出てこられないらしく、あかりとやるチャンスなのだが、あかりも大学に行っているから、これまたうまくいかない。

しかもだ。女同士というのはよくわからないもので、どちらかが出し抜けばいいと思うのだが、ふたりの間でそれは御法度らしく、じゃあどうしたらいいのかと、正一郎はずっと蛇の生殺し状態である。

「なあ、あかり」

キスをほどいて、正一郎は真顔で言う。

「なあに」

「……おまえ、いつまでいるんだよ」

正一郎の言葉に、あかりがふくれっ面をする。

「邪魔？」

「いや、そんなことはない……だけどなあ。ずっと置いているのも罪の意識が」

「沙織さんがいなくなるまで、かなあ」

あかりがあっけらかんと言う。

「……そこなんだけどよ。おまえ、沙織さんとえらい仲よくなっちまったじゃねえか」

「うん。だって沙織さん、人生経験豊富だし、頭がいいし。話が面白いもの」

「……悪魔払いだか、エクソシストだかはどうしたよ」

「勉強してるよ。だけど、難しいんだもん」

「なあ……沙織さん、成仏したらどうする？　おまえ悲しむか」

「うーん……寂しいとは思うけど、悲しまないかなあ」

あかりが意外なことを言ったので、正一郎はちょっと驚いた。

沙織には、ずっといて欲しいと思っているのだと、勝手にそんな風に想像していたからだ。

「そうなのか」

「そうだよ。だって、叔父さん、前に沙織さんと、その……酔って……シタでしょう?」

「知ってたのかよ」

「聞いたもん」

正一郎は呆れた。女同士というのは本当にとんでもない。

「そのとき、ね……沙織さん哀しかったって。自分でも、なんで成仏しないかわからないみたい」

やはり、住職の奥さんが言ったことは正しいのかもしれない。

──「そういうSMプレイを好むのは、インテリが多いらしいのよ」

縛っていた紐をほどくと、雪絵は手首をさすりながら、そんなことを言った。

いつもニコニコして温厚な住職も、夜になると人が変わるという。

そのとき、ふと思い出したのだ。

沙織の旦那も大学教授というインテリである。

そして……どうにも引っかかるのは、沙織に対する「従順」という言葉使いだった。

あれは、妻に使うような言葉ではない。

つまり旦那は沙織を従えていた、ということが考えられる。

沙織は自分からはけっして口にしないが、雪絵と同じく、セックスのときは相手に従う傾向がある……。

確信はないが、試してみる価値はあると思った。

2

その日は、あかりが友達と旅行に行くというので、久しぶりに沙織とふたりきりになった。

十時に店を閉めて、片づけてから二階に行くと、なんだかふたりきりは久しぶりなので妙にドキドキしてしまった。

（しかし、いまだに信じられないんだよなあ……これが幽霊とはなあ）

白いブラウスと膝丈のプリーツスカートという清純な格好をした沙織は、いつ見ても肉感的でいい身体をしていた。

とろんとした目と、泣きぼくろが色っぽくてたまらない。

本当にいい女だった。

ブラウスをつきあげるたわわなふくらみ、スカートの布地を張りつかせるボリュームのある尻……幽霊にしておくにはもったいない。

なんだか所在なくて、なんとなくテレビをつける。

ニュースをやっていた。

沙織は正一郎が胡座をかいて座っているところに、しなだれかかってくる。

胸のふくらみが左の腕に押しつけられている。

甘い女の匂いが鼻先をくすぐってきて、じんわりと股間が熱くなっている。

「お風呂入りましょうか、久しぶりに一緒に……」

沙織が甘える声を出す。

「あ、ああ……」

そのとき、テレビから事故のニュースが流れてきた。

いたましい自動車事故だった。子供を亡くしたという母親が、マイクを向けられて泣き崩れていた。

「可哀想にねえ」

腕に寄りかかりながら沙織が言う。

正一郎は沙織の顔を覗き込みながら、ふと、訊いた。

「ああいうのは、あとで出てくるんだろうなあ。相当未練があるだろうに」

言うと、沙織が哀しそうな顔をする。

「どうしてかしらね。未練があればみんな出るってわけじゃあないみたいよ」

「そうなんだ」

そのとき、ふと、そういえば沙織に訊いてないことを思い出した。

「あんた、なんで亡くなったの?」

沙織はテレビを見ていた顔を、正一郎に向ける。

「私? 言ってなかったかしら」

「訊いてなかったなあ、多分」

「……病気よ。梨紗子さんと同じ。癌」

「ああ、そうか……そりゃあ、大変だったなあ」

「私よりも、夫がね。仕事が忙しいのに、ずっと看病してくれて……」

「好きだったのかい？」

「もちろん」

即答されて、なんだかちょっと嫉妬する。

「なら、なんで、ずっと旦那のところにいなかったんだい？　最初は向こうの枕元に立っていたんだろう？」

訊くと、沙織は複雑そうな顔をして目をそらす。

「だから……それは、もうあの人が高齢で、できないから……」

ふと見た寂しそうな表情に、何かを隠しているような感じが見えた。

「……そういえばさ、旦那さんが言ってたよ。亡くなった妻は従順でいい子だったって。従順って、へんな言葉だよなあ」

沙織がハッとしたような顔をしたのを、正一郎は見逃さなかった。

「言ってくれないか？　なあ。違っていたらすまないが、旦那さんはＳＭ趣味とかあったんじゃないのか。沙織さんを縛ったり、ぶったり……そういうので可愛がられて、あんたはそうされないと満足できなくなった。違うかい？」

沙織の顔が、真っ赤になった。

「バ……バカなこと言わないでください」

すっと、身体を離して目を伏せる。

この恥ずかしがり方は、ほぼ間違いないんじゃないのか？

「隠さなくてもいいだろう。あんたが好きなやり方でやれば、成仏できるんじゃないかと思うんだ。未練というのはそこだろう。あんたはきっと、結婚したばかりの頃にひとまわり以上年上の旦那に仕込まれたんだ」

人妻は、いやいやしながら、こちらを見た。

怯えるような目つきでうかがう、まるでか弱い小動物のようだ。

間違いない。この人はMだ。

「それで寂しいまま死んでいった。違う？」

正一郎はわざといやらしい目つきで、沙織の全身を眺める。

沙織は「違います」と、再び顔を横に振る。

その徹底した恥ずかしがり方が、男の加虐心を煽る。

「それじゃ、試してみようじゃないか」

正一郎は用意してあった、皮のベルトをポケットから取り出し、沙織の手をつかんで手首に嵌めた。

「あっ……いやっ……」

沙織が逃げようとするも、もう片方にも嵌めてひとくくりにする。このへんの手際のよさは、雪絵に縛って欲しいと言われた経験が生きた。

正一郎は沙織を立たせると、身体の前で括られた両手首の革ベルトのリングに紐を通し、居間の鴨居にかけてグイッと引っ張った。

「ああ……やめて。何するの！」

沙織の両手がひと括りにされて頭上に掲げられる。

ぎりぎりまで紐を引っ張って鴨居に巻きつけて縛ると、人妻の身体は爪先立ちになりそうなほど伸びあがって、無防備に晒された。

（しかし、幽霊なのに、縛られても逃げられないのか？　それともわざとじゃないか？）

まあいいか。

それにしても両手をバンザイさせられて、背を伸ばした沙織の肢体に改めて目を奪われた。

白いブラウスのふくらみは悩ましいほど大きく、沙織が身をよじるほどにゆっさ、ゆっさ、とたわわに揺れて、そこから腰へとくびれていく稜線や、腰から今度は急激にふくらんでいく尻の丸みに圧倒される。

「ねえ、沙織さん。こういうことは、旦那にされてなかったかい？」

正一郎は自分の服を脱ぎながら、言う。

「……されてないわ」

「なんで今、返事に躊躇したんだい。それが答えだと思うけど」

「違う……」

と、沙織はかぼそい声を出して頭を振る。

今にも泣き出しそうな表情がやはり、男の異様な興奮を募る。

「素直になればいいんじゃないの。ホントはいやじゃないんでしょう？」

こみあげてくる欲望のままに、正一郎は沙織に近づき、ブラウスの上から胸のふくらみをギュッと鷲づかみした。

「くぅぅ！　いやっ！」

沙織が切なげに眉をたわめて身をよじる。

金属のリングが音を立て、フレアスカート越しの豊満なヒップが淫らに揺れた。

正一郎は腰を抱き寄せ、たわわに実る乳房を下からすくいあげ、たぷたぷともてあそぶように弾力を楽しんだ。

「あぁっ……そんな、いやらしい揉み方……」

両手を頭上でくくられた沙織は、恥ずかしそうに顔を赤らめて身をよじる。

逃げたくとも逃げられない。

そんな被虐美に正一郎は息を荒らげる。

「フフ、ホントは悦んでいるくせに」

罵り煽る台詞が次々と口をついて出てくる。

「そんなことないわ……ああ、いや、いやっ！」

沙織の悲鳴が部屋に響き渡った。

正一郎は部屋から離れるとタオルを持ってきて、それをねじって、一本の棒状にした。

「こうした方が雰囲気出るでしょう」

正一郎は強引にねじったタオルを沙織の口にかませ、後頭部のところで強く結んだ。

これで沙織は、両手と悲鳴を奪われたことになる。

「むぅ！　んぅぅ」

猿轡をされた沙織が、怯えたような目をしていた。

白磁のような肌はうっすらとピンクに染まり、濃厚な汗の匂いを漂わせている。

「これから何をされるの？」という目がたまらなかった。

もうガマンできなかった。正一郎はズボンとパンツを脱いで、沙織の前で全裸になる。分身がカチカチにそそり勃っている。

正一郎は沙織のブラウスのボタンを外し、あらわになった白いブラジャーをめくりあげる。

「んんんんッ！」

沙織が恥ずかしそうに、両手を動かそうとする。だが頭上でくくられて拘束されていてどうにもできない。

大きな乳房がいやらしく揺れ弾んでいる。それを少しも隠せない。

「エロいおっぱいだ……」

正一郎は言いながら、手を伸ばしてじっくりと揉み込んだ。

「ううっ、うむぅ」

沙織のくぐもった声がさらに大きくなる。

イヤそうだけど、演技にも見える。

正一郎は乳房にぐいぐいと指を食い込ませて、何度も形をひしゃげさせた。

「そういえば、沙織さん、あんまり経験がなさそうだったのに、なぜかパイズリとかソーププレイとかは、妙にうまかったんだよなあ。旦那に仕込まれたんだろう」

そう言って煽ると、沙織はつらそうに眉をたわめて「んん、んん」と呻きながら首を横に振る。そして猿轡のタオルを噛みしめながら、こちらに目を向けてきた。

怯えているのに、挑むように睨んでくる。その表情にゾクッとした。

興奮してきた正一郎は、乳を搾るように強く握り、しこってきた乳首を舌で舐め転がしながら、軽く歯を立てた。

「くぅ！」

女の身体がビクッと大きく痙攣し、顎がクンッとあがる。

「いいんでしょう、これが」

言いながらまた、乳首を甘嚙みする。

「くぅう……ううっ……」

沙織の身体は大きく揺れ、ギシギシと鴨居にかけた紐が音を立てる。

見れば目元が薄桃色に染まり、双眸がさらに潤んでいく。

間違いない。感じているのだ。

欲望にかきたてられた正一郎は、沙織の背後にまわってプリーツスカートをまくりあげた。丸々とした肉づきのいい尻を、白いパンティが覆っている。

デカい。デカくていやらしい尻をしている。

正一郎は舌舐めずりしてから、むしゃぶりついた。

「ウゥッ！　ううんッ」

タオルを噛みしめる沙織の口元から、ツゥッとヨダレの糸が垂れ落ちたようだ。

正一郎は沙織の下着を膝までズリ下ろし、足元にしゃがむ。

「こんなに濡れてるじゃないですか」

大きな尻の中心を両手で広げ、大量の蜜を吐き出す陰部に口を寄せ、舌先を無理に押し込んだ。

「ンンッ！」

沙織は尻を引っ込めようと大きく藻掻いた。

人妻の秘部は発酵したヨーグルトのような発情した匂いがする。

さらに舌先でくすんだピンクの陰唇をめくりあげ、びっしょり濡れた襞を舐めしゃぶった。

「ウウンッ……」

両手をあげたまま吊された沙織は、いやいやしながら、口を塞がれたタオルを嚙みしめ、耳たぶまで真っ赤にする。

乱暴にされても濡れてしまうのを恥じているらしい。

「クク、ほうら、こんなことされて感じてる……」

正一郎はしゃがんだまま、尻たぶに右手を打ち下ろした。

パチン、という小気味よい打擲音が鳴り、

「ンンンンッ！」

沙織が伸びあがって尻を震わせる。

さらにパン、パーンと平手で叩く。尻肉がぶるん、ぶるんと叩くたびに波を打つ。

「ンンッ！　ンンンッ！」

吊された沙織が肩越しに睨んでくる。だが、その目はうるうると潤みきっている。やはり怯えているくせに、期待しているような輝きを見せている。

「その目がたまりませんよ」

赤くなった尻たぼを優しく撫でつつ、正一郎は立ちあがり、沙織の口を塞いでいたタオルを抜き出した。

沙織はハアハアと息を荒らげていたが、やがて肩越しに、汗まみれの顔を見せてくる。

「も、もう許して……」

男にすがるような、とろんとした目つきと、目尻の泣きぼくろにたまらなく欲情した。

そうか、これが沙織の本当の姿なんだとわかった。

「調教されたんだね……あの、大学教授の旦那に……」

「うう……ううう……」

沙織は今にも泣きそうな顔で、こくこくと頷いた。

泣きそうな顔で震えているのに、尻割れの下から愛液がこぼれて、太ももを濡らしている。

成仏できないわけだ。

こんな風にしないと、心の底から満足できないなんて……。

(お化けっていうよりも、こっちの方が怪談だよ。こんないい女が叩かれたり、縛られたりして悦ぶドMだったなんて……)

女を叩いたり、縛ったりする趣味はない。

なのに、沙織にだけはしたくなる。

あの目を見ていると、虐めたくなる。

自分が自分でなくなって、乱暴にしたくなってしまう。

嗜虐の欲望を揺さぶる女だ。ゾッとするほど自分が怖くなる。

正一郎は人妻の尻を乱暴につかみ、屹立をぐいぐいと押しつけた。

「こんなに濡らして……」

縛られた沙織の背後から、低い声で言い放ち、躊躇なく尻割れに切っ先を差し込んだ。

熟れきった媚肉が、屹立にからみついてきて、

「あああぁ！」

沙織は両手で鴨居から下りた紐を握りしめ、背中をのけぞらせる。

正一郎は沙織の細腰をつかみ、さらに深く、ずぶずぶと貫く。

「ああンッ！」

根元までズブリと串刺しにすると、沙織は隠すことなく甲高い声をあげた。

両手を頭上でくくられたままの立ちバックという窮屈な体勢で、沙織は犯され

ている。

正一郎が乱暴なストロークを送る。

しかし、その粗雑さがいいのか、

「あっ、ああッ……あああっ、ああッ……」

と、沙織は白い喉をさらけ出したまま喘ぎ続ける。

気持ちよすぎてとまらなかった。

膣壺は正一郎の勃起をキュッと食いしめて離さない。

出し入れするたびに根元が甘く締められて、ジンとする疼きが湧きあがってくる。

「くううう……た、たまりませんよ。いつもよりキツく食いついてくる。乱暴にされるのがいいんだね」

熱く滾った女の坩堝《るつぼ》に、正一郎はしたたかに打ち込んだ。

パンパンと尻肉の打擲音が響き渡る。

吊されたまま、人妻は尻から打ち込まれ、全身が跳ねるほどに揺らされて、それでも尻をこすりつけてくる。

「ああッ！　奥に、奥に……ああ、こんなッ！　激しい、激しいすぎるぅ……

き、気持ちいぃ……ああんっ、もっと、もっと壊してっ」

沙織はほとんど泣きそうな声をあげる。

いや、肩越しに見えた顔は、泣いていたのかもしれない。

両手を拘束されて、自由を奪われて、犯されているような気分になっているのだろう。

正一郎はバックから激しく貫きながら、両手を前にまわし、たわわに揺れるおっぱいをぎゅうぎゅうと揉みしだく。

しこった乳首が指に当たる。

それを、力一杯指でひねりあげてやる。

人妻は「くぅぅ」と唇を噛みしめ、ぶるぶると震える。

こんなに乱暴なことをしても、沙織が興奮しているのは間違いなかった。膣が、今まで以上に力強く勃起を締めてきたからだ。

「ああ、たまらないよ、気持ちいい」

「わ、私も……ああんっ、気持ちいい……ああ、もっとメチャクチャにして、あんっ、沙織を犯してッ……」

背徳的な叫びに、勃起はさらにギンと硬くなった。

細腰をつかむ手に力を込めて、正一郎は怒濤のピストンで縛られた人妻を突きあげる。

「はぁぁぁ！　だめっ、だめぇぇ！　そんなにしたら、私、私……」

「イクのか……ほら、もっと突いてやる、メチャクチャにしてやるぞ」

「イクッ！　ああ、イクッ！　イっちゃいます。ごめんなさいッ、中に、ああ、私の中に注いで」

清楚な人妻とは思えぬ淫らな台詞を吐いて、沙織はガクガクと尻を震わせる。

その衝動が正一郎にも伝わり、下腹部の疼きが急激に広まった。

それをこらえて奥まで突き入れると、沙織は縛られたまま、顎を大きくせりあげた。

「あああっ、いい、あん、あん、アンッ！　アアアッ！　イッ、イクッ！」

沙織が大きな悲鳴をあげ、ビクンビクンと痙攣する。

こんなに乱れた沙織を見たのは初めてだった。

あの色っぽい、しどけない沙織が、まるで獣のように咆哮している。

甘く切ない快感のかたまりが、急速に押しあがってくる。

沙織がヒップを押しつけてきて揺らした瞬間、凄まじい射精が始まった。

正一郎は沙織の中にたっぷりとしぶかせていた。

3

沙織の紐をほどいて、ふたりでぐったりしていたときに、下からあかりの声が聞こえてきた。

「ただいまあ」

(まずい)

正一郎は慌ててズボンとトレーナーを着る。しかし、見れば沙織はブラウスとスカートが乱れたまま、呆けたように宙を見つめていた。

「沙織さん、やばい……あかりが来た」

正一郎の声に、ようやく沙織は思い出したように、

「え……? あ、そ、そうね……」

と言いつつ、のっさりと上体を起こして、セミロングの黒髪を撫であげた。

ところがだ。

待っていても、あかりは上ってこなかった。

妙だなと、正一郎は沙織を残して階段を下りていくと、あかりが冷蔵庫を覗いているところだった。

「なんだよ、駆けつけ一杯か？　呑み足りなかったのか？」

正一郎の言葉に、あかりは冷蔵庫を閉めて、腑に落ちない、という顔をこちらに向けてくる。

「ホントに瓶ビールがない」

「ああ……？」

何を言っているんだと、正一郎も冷蔵庫まで行き、扉を開けると、たしかに十本は入っていたはずの瓶ビールがすべて消えていた。

「あれえ？　場所を移したっけかな？　しかし、おまえなんでそんなことわかったんだよ」

「あれよ」

「あれ？」

あかりがカウンターを指差すと、そこには一万円札と紙切れが置いてあった。

見れば小さな紙切れには「向こうで呑む用にビールいただきます。沙織」と書かれている。

正一郎は素っ頓狂な声を出して、慌てて階段を駆けあがる。

と、部屋の扉を開けると消したはずのテレビがついていて、沙織の姿は見当たらなかった。荷物も消えている。

「おーい、沙織さん」

どこに向かっていいかわからないので、天井に向かって小さく叫ぶ。

「え？ いなくなっちゃったの？」

あかりがやってきた。

「ああ、消えちまった。でもさっきまでいたんだぜ」

「また明日になったら、すっと現れるんじゃないのかなあ」

あかりはまだ半信半疑のようで、天井を見てキョロキョロして、手を振ったりしている。

しかし、正一郎は確信があった。

「いや、もう帰ってこねえかもな」

「どうして？」

「そりゃあ、おまえ……」

正一郎はあかりと顔を見合わせた。

あかりがちょっと恥ずかしそうにしながら言う。

「……沙織さんが、満足したから？」

正一郎もなんだか照れて、小さく頷いた。

「そうかあ……」

あかりは、ぼんやりとついているテレビの方を向いた。

正一郎もなんだか気が抜けたようになって、座ってテレビを見た。ニュースはまだ続いている。

しかし、人がひとりいなくなるというのは、あまりに大きかった。

幽霊だというのに存在感がありすぎるというのはどういうことだと思いながらも、やはり沙織がいないというのは、火が消えたみたいに寂しい。

「そうだ、風呂入れてたんだ。一緒に入るか？」

正一郎が言うと、あかりはにわかに顔を赤らめた。

湯煙の立ちこめる浴室で正一郎が椅子に座ってぼうっとしていると、いきなり柔らかくて、甘い匂いのする女の裸体が後ろからギュッと抱きしめてきた。

思わず沙織を想像してしまったが、彼女よりも華奢な体つきで、おっぱいは大きい、可愛い姪だった。

「ウフフ。叔父さん、洗ってあげるね」

可愛らしい姪の声が聞こえ、身体が離れる。

正一郎が肩越しに見れば、あかりはボディソープを手に取り、自分の胸を泡まみれにしていた。

「前を向いて」

あかりに頭を持たれ、強引に前を向かされる。

次の瞬間、ぬるぬるした柔らかな女の身体が、ギュッと、背中から抱きついてきた。

沙織のときもこんなことしたよなあ。

「お、おい」

「いいでしょう？　可愛い姪に、こんなエッチなプレイしてもらえるんだよ」

ふたつの巨大なふくらみが背中に押しつけられ、ゆっくりと上下にこすられる。

（おおおっ……）

あまりの刺激に思わず叫びそうになる。

背中に当たるふくよかな乳房の肌触り、こりっとした乳首の感触。耳元で「ああん、ああん」と甘い声が漏れ聞こえて、あかりも興奮しているのが伝わってくる。

温かい湯気に押し包まれながらの二十歳の美女ソーププレイはまるで桃源郷だった。股間の勃起が、先ほどの沙織との一発も関係ないとばかりに、ムクムクと大きくなっていく。

(ああ……たまらん……あかりの身体がこんなに気持ちいいなんて……)

沙織のいない寂しさもこれで……。

「ねえ」

おっぱいで背中をこすりながら、あかりが口を開く。

「なんだよ」

「私、明日帰るね」

「え？」

思わず振り向いた。あかりがボーイッシュな美貌でニッコリと微笑む。

「沙織さんがいなくなったから、張り合いがなくなったか？」

正一郎が前を向き直り、言う。あかりがおっぱいを押しつけながら「うん」と返事をした。

「それもあるけど、私……結局、沙織さんになんにもできなかったし。せっかくこの『見える』能力があるなら、人のために使いたいって。本気で勉強してみる」

いやらしいソーププレイに似つかわしくない真面目な会話に、正一郎は苦笑した。

「そうだな……それもいいかもな」

しみじみ言うと、あかりがおっぱいを背中から離してから、正一郎の正面に立った。

しゃぼんまみれでぬるぬるしている二十歳のグラマーなボディが、実に悩ましくて、正一郎は激しく勃起した。

勃起すると同時に、惜しいな、と思った。

「ありがとうね。私を抱いてくれて……」

あかりがしなだれかかってきて、正面から抱きついてきた。

「おおお……！」

あまりの気持ちよさに、全身の毛が一気に逆立った。

ぬるぬるした肌と肌を密着させ、乳肉が胸板に押しつけられる。あかりの乳首の尖りが、自分の乳首にこすれて気持ちよさを倍増させる。

あかりは正一郎を抱きしめながら、よいしょと膝の上に乗ってきた。

「お、おい、入っちゃうぞ」

「いいよ、ちょうだい」

あかりがニコッと笑い、下腹部をこすりつけてくる。

正一郎はあかりを膝の上に乗せて抱っこしながら、屹立をつかんで狭い穴に先端を合わせて、一気に下から貫いた。

「あン、んっ……」

あかりがビクンッと可愛らしく震え、甲高い声を漏らす。

正一郎は、あかりの腰を持って落とさせて、分身に力を入れて、グッと生温かいとろみの中に奥までめり込ませた。

「あああ！」

あかりのヨガリ声が、風呂場の中に反響する。

驚いていたのもすぐだ。あかりは正一郎にしがみつき、対面座位の体位のまま唇にむしゃぶりついてきた。

「ぅんんっ……んんっ」

激しく口を吸い合い、舌をもつれ合わせる。

正一郎もあかりを抱きしめて、そのまま腰を突きあげる。

「ん、んんぅ……」

あかりは、キスをしながら正一郎の腰の動きに合わせ、悩ましく下腹をうねらせる。

あかりは大きく背中をのけぞらせ、愉悦の声を響かせた。彼女の膣が正一郎の勃起を咥えたままキュウと収縮する。

正一郎はたまらなくなって、あかりを膝の上に抱っこしたまま、ゆっくりしたリズムで、肉襞をこするように狭穴を抜き差しする。

「っっ！　んっ、ああ……あうう……」

あかりが涙目で見つめてきて顔を横に振った。

「だめ……私、もう……ああんっ、叔父さん、もっと、もっと、突いてっ」

いよいよあかりがか細い声で哀願し、自らヒップを揺すり立ててくる。

正一郎は、あかりが後ろに倒れないように支えながら、たわわに揺れる乳房をすくいあげ、身体を丸めて乳首に吸いつく。

「きゃううう！」

乳首を舐められ、奥までえぐられているあかりが悲鳴をあげる。

気持ちいいのだろう。もっと乳首を舐めると、

「んっ……あっ……あっ……ッ！」

と、顎をせりあげて、ガクガクと腰を揺すってくる。

（ぐううぅ。むちゃくちゃ気持ちいい）

正一郎は夢中になって、下から突き入れる。

パンパン、と肉の打擲音が響き渡り、一撃ごとにあかりの身体が、正一郎の太ももの上でいやらしく揺れる。

「ああ、いや、いや、あああッ！」

あかりももうたまらないといった感じで、高らかに喘ぎ声を放った。

パンパン、パンパン、と、華奢な身体が浮くほど、下から腰を使って突きあげる。

「はあああ、あああああああッ！」

あかりは猥りがわしくヒップを振り、太ももを震わせる。

ずちゅ、ずちゅ、と肉ズレの音が大きくなり、愛液は正一郎の太ももまでびっ

しょりと濡らしていく。

「ああ、だめっ……もう、だめっ……イクッ！　あああ、イッちゃう……」

「むうう」

アクメする前兆で、あかりの膣が急激に食いしめてきた。

肉襞が、奥へ奥へと引きずり込むようにうねっている。

「ああん、ねえ、ねえ……叔父さん、お願いっ。今日はちょうだい。お願い、今日だけは……」

あかりが見つめてきた。

膣内射精のことだとすぐにわかった。

躊躇するも、しかし正一郎もあかりが欲しかった。

「ああ……いいぞ。よし、イケッ……イケッ」

正一郎はがっしりと腰を持ち、重い突きあげをフルピッチで放った。

「ああん、すごい……私、こんなになったことない……ああん、イッ、イクッ！　ああ、私、イクッ……ねえ、イッてもいい？」

あかりが泣きそうな顔で懇願する。

正一郎が頷くと、あかりはのけぞり、

「イ、イクッ！　ああん、だめぇぇぇぇ！」

高らかにオルガスムスを奏で、ぶるぶるっと腰を震わせる。

犬がしっぽを振るみたいに、くな、くなっと、ヒップを押しつけてくる。

正一郎もあかりにしがみついて、下からしつこく連打を繰り返した。

（で、出るっ）

イチモツの先がひどく切迫していた。もうどうにもならなかった。

正一郎は姪の中に入れたまま、切っ先から熱い男汁をたっぷり放つ。

気持ちよすぎて何も考えられない。

ただただあかりを抱きしめつつ、長い射精を続けるのだった。

4

「やっぱり、いねえかあ」

風呂あがりに二階に行ってみても、誰もいないどころか気配すらなかった。

「なんか寂しいね……」

あかりがまだ濡れた髪をタオルで拭きながら、ぽつり言う。

「そうだな……」

と、返事をしながら、いつものように布団を三組敷いた。

沙織が朝には寝ているかもしれない、と思ったからだ。

正一郎はあかりを抱きしめ、ふたりはチュッ、チュッとキスしたり、身体をまさぐったりしたものの、風呂場で二回もしたので、もうセックスする気にまではならず、すやすやと眠ってしまった。

まどろみながら正一郎は、なんだよ、帰るなら帰ると言えばいいのに。幽霊ではあるけれど、しばらくおいてやったんだぞ。

とか思いながら、いつしかぐっすりと寝込んでしまった。

それからしばらくして、妙に騒がしいなと思って、うっすらと目を開けたら電気がついていた。

(んん? なんだ……?)

最初、あかりが眠れないから、テレビでも見ているのかと思った。

だがそのかしましい声は、テレビの画面ではなく、すぐ近くから聞こえてくる。

おかしいなと思ってパッと目を開けて、くるりと反対を向いた。

「あ、起きた」

気づいて声をあげたのは、しばらく見てなかった、というかもう永遠に見ることのないと思っていた、死んだ女房の梨紗子であった。

「り、りさ、りさ、りさ……」

正一郎はガバッと起きた。

肩まで伸びた、ふんわりしたウェーブの黒髪。

細面で目鼻立ちが整っていて、きりっとした顔立ち。

わが女房でありつつも、こんな美人はいないと思っていた、結婚した当初のままの姿である。

「正ちゃん……あらあ、老けたねえ」

梨紗子はちゃぶ台に片肘を突いて、アハハと笑った。生前のままの愛嬌のある笑顔である。

「……おまえが亡くなって一年なのに老けたもないだろう？　あれ、確かおまえ、未練はないから出てこないって……いや、一周忌はおまえんところの親父さんと話して、誰かの法事とくっつけるから、あとにするって言ってたぞ」

「法事だから出たんじゃないよ。未練ができたの」

「え？　未練って……」

「……梨紗子さん、もうすぐ成仏する予定だったのよ」

そう言うのは、隣に座った沙織だ。

「さ、沙織さん？　帰ったんじゃあ……」

「いえね、梨紗子さんのおまけみたいなもんで」

「おまけって、そんないい加減な……」

「こら、あんた」

梨紗子が目を剝いて睨んできた。

とたんにどこからともなく風が激しく吹き、窓がガタガタと音を立てて揺れ始めた。

「ひっ、な、なんだよ……」

「あんた、あかりちゃんと……可愛い姪と関係持つなんて……この鬼畜っ」

「え……？」

見ると、あかりが顔を赤くして、うつむいている。どうやら全部喋ってしまったらしい。

「あんた。沙織さんとの関係は許可したよ。だって可哀想だし、それに幽霊だからまあいいかって……それを今度は、あろうことか生きた二十歳の姪に手を出すなんて、どういうつもりだい」

「だって、あ、あかりが……」

「普通、言い寄られたって、気持ちは嬉しいとかなんとか言って断るだろう。それを、よくまあぬけぬけと……」

「待ってよ、おばさん。私が悪いんだから……」

「あかりちゃんは黙ってなさいッ」

と、ふたりの間に険悪なムードが漂う。

なにやら、見ているとへんな感じになってきた。

「まあまあ、ふたりとも。喧嘩しても仕方ないでしょう」

「だって、口惜しいんだもん。いいわよね、沙織さんはたくさん抱いてもらったし」

「梨紗子さんも抱いてもらえばいいじゃない。抱いてくれるかしらないけど」

ギャーギャーという三人の話を聞いていると、なんだか眠くなってきた。

「こら、あんた。あんたの話をしてるのよ。ちゃんと聞いて！」

びしゃり叱られて、正一郎は背筋を伸ばす。

時計を見ると夜中の三時だ。梨紗子に会えたのは嬉しい。

が、しかし。

もしこの三人がずっと一緒だったら……。

(これからが怪談だよなあ……)

そんなことを思いながら、正一郎は眠い目をこすって大あくびした。

＊この作品は、書き下ろしです。また、文中に登場する団体、個人、行為などは実在のものとはいっさい関係ありません。

二見文庫

人妻《ひとづま》　夜《よる》の顔《かお》

著者　桜井《さくらい》真琴《まこと》

発行所　株式会社 二見書房
東京都千代田区神田三崎町2-18-11
電話 03(3515)2311［営業］
03(3515)2313［編集］
振替 00170-4-2639

印刷　株式会社 堀内印刷所
製本　株式会社 村上製本所

落丁・乱丁本はお取り替えいたします。
定価は、カバーに表示してあります。

ISBN978-4-576-20063-7
https://www.futami.co.jp/

二見文庫の既刊本

彼女の母と…

SAKURAI,Makoto
桜井真琴

涼太は42歳の上司で美人課長の礼子から厳しい言葉で説教される日々を送っていた。そんな彼にとって、唯一の心のよりどころはカノジョである千佳。Mっけがある彼女は、変わったプレイにも応じてくれるのだ。その日も部屋で裸にエプロンという姿にさせ交わっていた——ところに突然入ってきたのが礼子で……。

人妻 交換いたします

SAKURAI,Makoto
桜井真琴

克美の父親が再婚した。36歳の奈保子だ。早速彼女の昼寝姿を見て、いたずらしてしまう彼。その一方で、バイト先の人妻・美咲に惹きつけられる日々であった。ある日、バイト仲間の保から「美咲を抱かせてやるから、奈保子さんとさせろ」と提案が。それは無理、と考えた克美だったが、保の口車に乗せられて……俊英が放つ書下し痛快官能エンターテインメント！

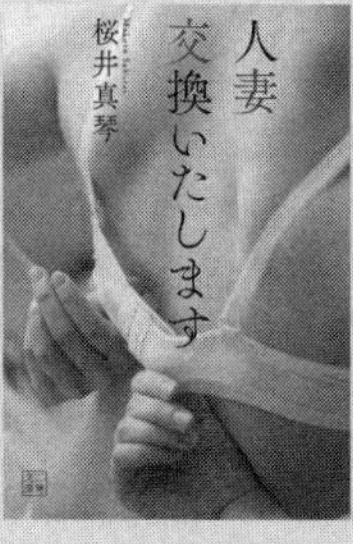